野叟戲言

施友朋 著

目錄

庶民談吃

城市觀察

野外不愁鳥飛盡——《野叟戲言》自序

個人的第一本書——《野外茶話》出版於一九九八年二月，距我出版個人第六本著作，屈指一算，已有二十七年了！首本書呱呱落地，那時我已年屆中年，如今，彈指一揮間，流光容易把人拋，紅了櫻桃，綠了芭蕉！歲月是把殺豬刀，如今「紅了櫻桃」卻「黃了香蕉」！我早已不是那披長髮穿喇叭褲愛寫詩的少年，更不是坐在徙置區欄杆上，吹着口哨撩路過學生妹的「死飛仔」，而是個上了公共巴士永不再飛奔上樓座的老人家；以前小巴未停定就展開「凌波微步」一下騰空瀟灑滑下路面，如今是小巴停定了，右腳踏上一步，左腳挪進一小步，慢慢扶着小巴的把柄左右腳平衡着落地，膝蓋無力，恍似要跪地參拜黃大仙……這還能不認老嗎？這一把年紀，還有機會出版個人第六本書，怎麼說也該感恩，上天待老朽也真不薄。

《野外茶話》的「自介」，我說：把報上發表過的文字結集成書，白紙黑字，既厚顏從抽屜底抖出來放在陽光下，也不管是散發毒味還是芬芳，好醜都讓讀者自行評說可也。書名《野外茶話》，別無他意，貪方便而已，因集內之拉扯閒話，多採自《快報》之專欄，其餘較長之旅遊散文，偶有會意之作，則多發表於《星島日報》星辰版。無論如何，得感謝吳敬子先生，沒有他的「催生」，我恐怕會背着沒有著作的「作家」，繼續走這條孤獨的路。

性格使然，天性疏懶，尤其怕填表如報稅之類，至於申請如藝術發展局那樣的資助，坦白說，我一見就怕，皆因從來對數字十分麻木，要計這算那，我發誓我根本應付不來；是以老朽所出版的書，全有賴藝展局資助，而玉成其事者，首推吳敬子先生，亦即黃仲鳴先生，他是報界高層，資深媒體人，後從事大專院校教學工作，搖身變成學者，研究「三及第」文學卓然成家，桃李滿天下，老朽的《野外茶話》和《裸夜茶話》都是他幹的好事！如今，我在初文曾先後出版了《野村雜話》及《野外春曉》，則是青年出版家黎漢傑的不懈努力，今趟這本《野叟戲言》要不是他「上窮碧落下黃泉，動手動腳找東西」，這「戲言」便不知從何處「出口」！

初文的社長黎漢傑出道幾年間，大大話話已主編約五十部書，當中不乏是他努力從舊紙堆、檔案資料、微縮膠片四處搜索、爬梳而得，有些更有學術研究的價值，功在士林，認真不簡單！像老朽這些遊戲文章，寫字都為稻粱謀，發表過換取多少稿費，確實只為資助跑馬的本錢或貪食幾碗雲吞麵而已，是以並不「敝帚自珍」，多數已隨風飄散，鮮有剪存留下！即使有，亦因常搬家而遺失或棄掉！其實，我反而剪存不少名家的作品，可恨都因居無定所而遺棄了！

我這「野叟」喃喃自語了這麼一堆話，無非想說這本《野叟戲言》要不是青年出版家黎漢傑「手多多」四處尋尋覓覓，從許多途徑把老朽散落四處的塵埃舊文再翻出來，根本不會再重見天日，把昔日的墨痕再抖了出來獻世！我並沒有太多修改，皆因過去的都已成歷史，改了，反而失其真以及意義，更何況吾道一以貫之——疏懶！老了，想野，也野不出個所以然！活了這把年紀，腦未全然退化，偶爾仍可舞文弄墨，「戲言」幾句，知足了！《百年孤獨》使人明白，人生充滿了不可預知的挑戰、不可避免的孤獨以及必然來臨的死亡，但正是這些經歷，構成了獨一無二的我們。千山鳥飛絕，萬徑人蹤滅；然而，老朽依然看到野外開花開得正茂，甜姊兒鄧麗君唱「路邊的野花不要採」，行步路都顫巍巍的老朽，唉！半生落魄江湖上，往事已非那可說；路邊野花，夕陽下更妖嬌，採她豈非大煞風景！

最後，依然要說的，感恩文學路上遇到所有對我不棄的前輩和同路人！感謝藝展局玉成我成為一個有幾本著作的作家！

歲月留痕

青春化閒花，落地聽無聲

在網上讀王朔的〈你也不會年輕很久〉，內心之舒暢無以名之，腦海只浮起劉長卿兩句詩：「帆帶夕陽千里沒，天連秋水一人歸。」王朔文字抵死過癮，看似狂野粗鄙又不失高雅，這就是學問吧！文章甫一落筆，就令人叫好：「時間過得很快，當我還在懷念夏日姑娘們的短裙時，秋風已起，落木蕭下。雖然即使飛雪連天的時候也可以看見穿短裙的姑娘，但不管她穿得再怎麼風騷，也穿不出夏天的味道。」

景隨心轉，太白五律中，如「煙花宜落日，絲管醉春風」若是秋風，這煙花和落日，伴着絲管，談不上「醉」；即使是豪情俠客，頂多予人「家教萬金酬士死，身留一劍答君恩」的磊落！也所以時光催人，好歹抓住季節的律韻，否則秋風一起，徒空餘夏天蟬噪蛙鳴的無奈。

人的心境，隨着年紀的增長，許多喜好和習慣都會改變。王朔又逗趣：「以前我喜歡看《快樂大本營》，現在我喜歡看《新聞聯播》；以前我喜歡張愛玲，現在我喜歡史玉柱；以前我喜歡吃飯，現在我喜歡喝粥；以前我特別怕麻煩，現在我喜歡湊熱鬧；以前一覺睡到十二點，現在六點準時起床撒尿……」

老朽不禁會心微笑，《快樂大本營》是內地湖南衛視推出的一檔綜藝節目，於一九九七年七月十一日首播至今，是內地頗具影響力的綜藝節目之一。舞台設計華麗，一大班俊男美女又唱又跳，極盡視聽之娛，瘋魔無數少男少女青春騷動的心。人的心態不再年輕，這些「歡樂今宵」式的胡鬧搞笑節目，自然就不會再叫你追看。大抵像我，年輕時每晚上夜大專、「誤墮塵網」糊塗成家後，晚上在報館兼職搵奶粉錢，也很羨慕能夠安坐家中看肥皂劇或綜藝節目的朋友們。如今青衫人老，看電視都是二十四小時循環着播的新聞，吾女奇而問之：「整日重複不停播，你唔悶咩？」老朽無言，只有「閒來輕笑兩三聲」：係咁㗎啦！

王朔說他以前喜歡張愛玲，現在喜歡史玉柱。史玉柱是個傳奇商人，一九六三年出生於安徽懷遠縣，父親是縣公安局幹部，母親是工人。二十七歲進浙江大學數學系，大學畢業後分配到安徽省統計局工作。這傢伙是個IT奇才，精於編製軟件；其後他攜四千元在深圳創業，創辦珠海巨人新技術公司，做了億萬富翁，十分勵志及振奮一眾想創業的年輕人。王朔看來有點追悔自己性好文學，做了編劇。查王朔是內地作家版稅收入相當可觀的其中一位，二〇〇七年他以五百萬元人民幣的版稅收入，榮登「二〇〇七年第二屆作家富豪榜」第六位。十多年前的五百萬元人民幣，相對於今天的購買力，豈止上升了十倍！王朔喜歡史玉柱，不一定羨慕他的創富能力，畢竟，他是IT界早熟的天才！張愛玲是成名要早，史玉柱是發達要早！兩人有共通之處，王朔無理由「貪新忘舊」！

王朔的大作，除了自嘲，也不忘調侃時下年輕人的無知與無病呻吟：「有很多年輕人生活得很滋潤，傳不完的照片，曬不完的幸福，吃了個涼皮也要拍張照片上傳；去了趟新馬泰恨不得讓奧巴馬都知道（如今應該是特朗普）。只要是文藝青年，夢想就是開個書店，只要是年輕女白領，夢想就是開個咖啡館，只要是個人，夢想就是環遊世界。」要言之，他就是看當今的年輕人「唔順超」，尤其那些滿嘴滄海、一臉滄桑的八十後。王朔說他躲在陰暗的角落惡狠狠地想：「別得戚！遲早你會變成真正的大叔！」不過，也許你還活不到大叔的年紀。想到這，我心裏舒服了很多。

王朔這位大叔，心地可沒有這麼壞，他不過以反諷之筆，曲線道出「一個老男人」對年輕人青春的嫉妒。而所謂的安慰，是光陰的飛逝：「你們也不會年輕很久」！這頗有孔子當年凝視着大水流動發出的感嘆：「逝者如斯夫，不捨晝夜。」

人過中年，逐漸會感受時間之箭的銳利！老朽年過花甲，那就更不堪了！如今深蹲一下已感膝頭無比痠軟。看來，即使夏天碰到穿短裙的姑娘，已難興起馮唐所歌詠的「春水初生／春林初盛／春風十里，不如你」。年過花甲，深感時間是一把殺豬刀！眾荷喧嘩，蟬鳴依舊，我的笑容已泛黃！當年蛙式跳上百多二百級樓梯，心不會激動，腿不覺痠軟。俱往矣！追風少年已經漸變風中之燭。老了！不認不認終須認。

每個人都不會年輕很久，然而，只要真正活過，輕狂過，笑過，又何必追悔平生太多不堪事？看朱天文的《淡江記》，有一篇〈牧羊橋．再見〉，抒寫大學畢業遊園，同學的意氣風發，撒嬌賴皮，特別有一種「豔」和青春的律動。正如她所說：「四周都是學士服跑來跑去，我又沒緣故的非常快樂，想看我正年輕，高跟鞋敲在大道上，一步走一步，青春呵，即使是什麼內容都沒有的，也這樣光是不勝之喜就夠了。」

當我還懷念夏日姑娘的短裙時，青春呵，都化作「細雨濕衣看不見，閒花落地聽無聲」！老來，齒搖搖而髮蒼蒼，看夕陽西下，仍有不勝之喜就夠了。誰家姑娘的高跟鞋又敲在大道上，阿哈，是我前世的情人？還是我來世的婉君表妹？

原刊《香港文學》總第四〇五期，二〇一八年九月

懷舊與念想

成長有煩惱，懷念卻是一種力量。

蘇東坡〈春夜〉：春宵一刻值千金，花有清香月有陰。歌管樓台聲細細，秋千院落夜沉沉。

——這是對官宦生活的緬懷與嘆息。我們常人，懷念的不外是童年的零食，失落的舊天台月色，追不回的一段青澀初戀。騎樓底下一竹竿迎風招搖的褻衣，其中一件必是初戀情人珠女的吧？

在網絡文學讀到朱千華的〈搖滾的棉花〉，寫得真棒！作者藉棉花起興，由母親從閣樓上取來雪白的棉花，想到了那個遙遠的彈花匠。彈花匠這行業，城市長大的一輩怕聽也沒聽過，我小時在鄉下，依稀知道有這麼個行業。作者描述得實在精彩：父母常年不在家，我和秋姐蹚着那些悠長日子。我蹲在低矮屋簷下看那個中年人彈棉花。棉花周圍聚攏了幾個看熱鬧的村民。有人起哄，說花匠你唱個段子吧。彈花匠一邊解傢伙一邊問唱什麼呢。村民們嚷嚷說就唱《二八佳人》。彈花匠說唱就唱。於是我聽到了一些遙遠而又新鮮的聲音。我看到彈花匠滿面春光的樣子，他亢奮的精神和着說唱的聲音在那些漸漸蓬鬆的棉花裏飛舞。作者說他那一次，共搜集了二十七首《二八佳人》的說唱詞。

那確是值得懷念。我無緣聽那彈花匠的說唱，光唸着亦過癮：

二八佳人似粉妝，秋千架上袂飄飄。大風撩起紗裙子，露出姣姣白玉膛。兩奶尖尖似棉桃，一身白嫩賽秋霜。恨不得連衣裳吞下去，又怕金釵刮肚腸……

看官，且不要笑我到了「你要愛你的寂寞」的歲月，依然有三島由紀夫「愛的飢渴」。怎麼老是在黃昏的鄉間野店，燃着一盞情色不滅的燈？這不好解釋，一如圖書館明明是追求知識的地方，怎麼會翻起情海慾浪？王岫《迷戀圖書館》有一篇〈書海熱情〉，提到美國聖瑪莉大學（St. Mary University）一位圖書館員寫了一本《圖書館的羅曼史》（The Romance of Libraries），記錄她知道或聽來的在圖書館產生愛情的故事；藉着書本說愛你，不是蠹魚的專利。王岫這位資深圖書館管理員提出另類體會——書海可以有熱情，但熱情如泛舟，可以水波不興，輕揚於水面，並非一定要驚濤拍岸，捲起許多讀者的眼光和抗議。

浪漫情懷，即使在革命的時候也不欠缺，何況在書香散逸的圖書館？不久前讀孫偉芒的《文人、革命、政變與戰爭》，文中提到接受存在主義的美國作家諾曼·梅勒，參加了一九六七年十月的反越戰示威遊行，他在遊行中跨越了封鎖線，被捕入獄。梅勒把這次參加反越戰示威的經過寫成「非虛構小說」——《夜幕下的大軍》。他在書中對美國的帝國主義有尖鋭的批判，對身為名人的虛榮心、中產階級的遇事畏縮不時自嘲。梅勒在書中還記載了一些有趣的情節：妓女也參加了示威遊行，她們與第一線的鎮暴士兵交鋒時，把花朵插進士兵的槍管，並解開胸前的鈕扣，藉以分散士兵的注意力。

筆精墨簡的孫偉芒續説：革命就是如此，悲劇與喜劇並存。這段話倒揭開了我久已塵封的記憶。莫言的成名作、被張藝謀拍成電影、替鞏俐贏盡口碑的《紅高粱》，發表於一九八六年的《人民文學》第八期；西西編的《紅高粱——八十年代中國大陸小說選》（洪範一九八七年初版）指莫言有他自己非常主觀色彩的語言。這語言在《紅高粱》裏成熟了，那是一種緩慢的、充滿斑斕色彩、草木蟲魚聲音、視覺廣闊、彈性無比強韌的語言，一種伸縮自如，容許無限度擴展飛翔馳騁的文體。莫言後期的創作，語言的瑕疵，儘管有可商榷之處，不過，《紅高粱》裏的「我奶奶」，她活出真我的精神，令人難忘。她是個充滿活力、性感誘惑的風流女子；十六歲出嫁，憧憬着能顛倒在一個強壯男人的懷抱裏，誰知貪財的父親把她嫁給一個麻瘋病人，只因他是百里內的首富。我奶奶絕望了，她不顧一切大膽往前走，莫回頭，順從自然地接受了高粱地裏與土匪司令余占鰲的野合。他們肆意狂歡，他們精神契合，此時，傳統的倫理道德蕩然無存，「我奶奶」這一形象，情慾奔騰，完全不是傳統美學的善男信女。她是一個有着女性軀體，充滿生命活力、信馬由韁，洋溢萬種風情、敢向命運挑戰、衝破人為枷鎖、予人震撼的女人！

八十年代的回憶，男女之愛甚至婚姻之盟，已擺脱了那「革命伴侶紅花並蒂相映美，階級戰友海燕雙飛試比高」的豪情；那時候的大學生，給暗戀的女孩子寫情詩時，據説，往往順手拈來，摘抄幾句汪國真的詩。譬如：「我不去想是否能夠成功／既然選擇了遠方／便只顧風雨兼程／我不去想能否贏得愛情／既然鍾情於玫瑰／就勇敢地吐露真誠。」那是一個詩歌豐盈的年代，一片樹葉掉下來就會砸到兩個詩人的腦袋；汪國真成了摩登徐志摩，他的詩集不斷被翻版、複印，銷量達幾十萬冊。七、八十年代，只要是「文藝青年」，誰沒有寫過幾首情詩？那年，血氣方剛的我，偷偷改了個英文名「威廉」，打上陳任的點唱節目，播了一首木匠樂隊《Yesterday once more》的歌給珠女收聽，更借了一本朱自清的散文給她，在書的扉頁題上自家寫的情詩：「哦哦，我記得了／那年，不但缺雨而且乾旱的那年／萌不出愛情的花季／傷心了一張冷落的雙人床還是／傷心了一則飛不出美麗的典故／而我曾以滴血的雙掌／灌溉給妳。夢裏／滿院紅豔豔的玫瑰啊，親親」。

那個年代，我的詩壇偶像是余光中和葉珊（楊牧）。前者的《蓮的聯想》與《白玉苦瓜》，後者的《燈船》與《非渡集》都給我翻破了！俱往矣！騎樓底下一竹竿迎風招搖的褻衣，管他哪一件是初戀情人珠女的？只想聽彈花匠唱一首《二八佳人》：二八佳人樣多姣，芙蓉臉兒楊柳腰。眉清目秀生得好，把我的魂兒引動了。丟媚眼，閃蛇腰，叫我心中好懊惱。幾時同這佳人睡，戒酒除葷把魂銷……

原刊《文匯報》，二〇〇七年一月二十一日

好文字背後滴水成珠的故事

林語堂曾說：所謂快樂，對他來說，大部分是和消化相關的（Happiness for me is largely a matter of digestion）。這種「人類的快樂來自感官」的論調並不算新鮮，西方的論著多的是；林語堂幽默的加上一筆，道理便出來了：一個人要是大便暢通，他就快樂，要是不暢通，就不快樂（If one's bowels move, one is happy, and if they don't move, one is unhappy）。對我而言，快樂亦是感官的，除了窺見美女的乳溝股罅（深V衫低腰褲近來橫行無忌）外，發現新的作者與好文字，如先前的馮唐，最近的葛亮（著有《謎鴉》，聯合文學出版；《相忘江湖的魚》，匯智出版），都令我的視覺有「千竿滴翠鬥清新，一角園林貌得真」的欣悅！感人的文字背後，總有許多動人的故事。

簡媜的〈夜讀〉說：「句不成句，／詩不成詩。／濡墨的筆乾了又濕。／抬頭讀一讀夜空／月又走了一寸。／寫不出來的詩／總是最好的一首。」她在《密密語》的後記表白，委婉而動人，深得溫柔敦厚的神髓：平生不寫詩，偏偏飲水蜷臥之際常浮現詩的意象。縱使某些文字掉入詩缸，我還是大而化之稱為小品吧！不敢侵犯詩國，惹得蠻夷入侵之嫌。小說之筆若比為大刀闊斧取其勢，寫散文就是木杵搗臼取其精，寫詩的，恰似一支金針度與人。罷，木杵怎能磨成金針？做一名好詩人難，做詩的好情人容易。

詩國有這樣的好情人，當真是「莫言天地閉，春色已交加」。九把刀另有體會，他指出當現實與幻境產生摩擦，寫作就會變成一種佈滿塵埃的負擔。我這種爬格子的動物，老早便不再憧憬美女作伴、咖香縈室的寫作情調；每天，與大多數打工仔一樣，忙碌地生活，偷閒地上廁所，偶感六合彩難中，興嘆賽馬冷贏飄忽，前途迷茫，女友告別；活着，還是要逆來順受，頂多暗地裏倒行逆施，取得蠅頭小利，夜裏攜夢入懷，便傻笑震落一山紅葉！小市民的快樂，一如林志玲挺胸揚眉，驕傲的貝齒徐徐噴出：我不貪錢！

好文字，要動人，就是——不貪多！施康強譯福樓拜的《庸見詞典》其前言謂福樓拜不能容忍的所謂庸見，是現成的見解、固定觀念、多數人的看法，不假思索就作的結論、老生常談。它們在多數情況下是廢話，是大實話，因為你不說別人也知道，而且有人聽了會煩；有時候它們是偏見和習非成是的謬誤。此類話中有一句單獨出現的時候，我們不會感到其平庸、可笑或愚蠢。一旦讓它們集體亮相，我們才發現其實質。

用詞精準是好文章必具的；論者稱一篇文章，就是一部機器，一個詞語，就是一個螺絲釘，在文章這部機器裏，不要讓任何一個螺絲釘鬆了。福樓拜鄙視平庸，他看重的是創新，尤其追求對文字的形式美，被認為是法國十九世紀最嚴格的文體家。據說他不能容忍在相鄰的兩頁文字裏兩次出現同一個名詞或形容詞。寫完一段話之後，他會在鋼琴上檢查這段話的節奏是否合適。寫到這裏，想起只「為自己寫作」的王文興（一九三九至二〇二三），他處理文字的虔誠嚴謹，在行內曾傳為美談。他自己亦承認其寫作的速度慢如蝸牛：小說一天一百字，散文一天兩百個字。幸好王文興不是職業作家，否則，以字論酬，敢信他是第一個餓死的作家！

王文興最怕編輯行私刑，胡亂斧鉞刪改他的文稿，即使一個標點也會惹他的抗議。他的散文集《書和影》內收〈談「好為人師」〉，把他一個當編輯的學生——約他稿卻把其文字段落改得面目全非。這小子也真斗膽，把一個飲譽行內的文體大家的大作胡亂增刪削減，老師內心創傷悲痛不在話下，不知好歹的這廝，竟敢再約老師寄給他大作！王文興化悲憤為幽默，說他要是回信，除了感謝這學生改文改得精到之至，只是尚有一點點小小的不足，希望把他的名字也照樣改它一改！

王文興對文字的執着，可從他《十五篇小說》的「序」與「再序」略見之。他說這十五篇小說，他各做了一些修改。多半在文字和標點的方面。但是，有兩處，在內容方面的，有兩處——十多年來一直縈繞於懷，想要把它改過來的。一處是，〈黑衣〉中，秋秋初見黑衣人時，說的：「她怕他，怕他穿的這一身黑衣服。」改成：「她不喜歡他穿的這一身黑衣服。」理由在，假若真出於害怕的話，秋秋以後便沒有勇氣同他相抗。……另一處，在〈龍天樓〉，最後一句，自「整座樓沒進暗影中」，改為「整個樓面落進暗影中」。他認為當初也是過度注重內在的象徵一面的意思。仔細讀的話，都可讀出先前的語病，若要整座樓都沒入暗影中，除非還有一座更高的樓在它的背後擋住。一旦修改過困擾了他十多年的問題，王文興形容心情——就像治好了十多年的痼疾一樣，頓然輕鬆許多。

〈龍天樓〉是篇精采不凡的小說，氣氛懾人，結構嚴密。最後一句的修改與否，完全不會影響小說的布局。大衛．洛吉（David Lodge）於《小說的五十堂課》其中一課「操縱不同聲腔」引述俄國評論家巴赫汀的一段話：對作文章的藝術家來說，這世界充滿了他人的語彙。在那些語彙下，他必須給自己定好方向，知道自己必須以非常敏銳的耳朵來聽出那些語言特徵。他必須將那些語言特徵引入自己小說語言的層次，但又要小心，免得毀掉小說語言的層次。

王文興小說的語言層次繁富多姿、熱鬧非凡。〈龍天樓〉可為代表。為一句話耿耿於懷十多年，真虧他！然而，令我這個讀者動容的，是他二百多字的「再序」，他說——

我非常的抱歉，非常非常抱歉。〈龍天樓〉的最後的一句，我又改回去了。還是「整座樓沒進暗影中」。從行人的觀點，雖只看到樓面，但仍覺整座樓沒進暗影中。我責怪廿年前我多事，我的修改實可曰「深求反失」。我該罰站。

這樣的一個小說家——點到你唔服？

「為自己寫作」的作家，內省能力一般都較高。季季（一九四五至——）的《朱家餐廳俱樂部》寫她與小說家朱西甯（一九二七至一九九八）一家半世紀的友情，感人至深。文章除了表揚朱家的好客，亦透露朱西甯寫作的嚴謹：一九六五年七月，搬到內湖新居的朱西甯三十九歲，正處於創作的顛峰期。次年十一月，出版了在婦聯一村開筆的第一部長篇《貓》，也開始撰寫巨幅長篇《八二三注》。他在這本書的後記透露：一九六六開始的三、四年中，《八二三注》曾兩度毀損其稿。第一次寫了十一萬多字，「愈寫愈無把握……不得不狠狠心，全部毀棄。」後來「幾經苦思、摸索、尋求」，重寫至二十七萬餘字，「又不得不忍痛的推翻……終不得不予銷毀。」他自剖其理由，「於內省中見出自己的浮躁火爆。」並進一步解釋其原委：「一是情感的尚乏冷卻，時空距離兩者皆不足；一是自我約制尚差，意境還只局限於感懷的層面之下，因之而有觀點的狹隘和短淺，乃至只見憤慨，獨缺憐恤，未臻中國止戈為武高意境的兵家傳統，於小說技巧上則乏自然而客觀的呈現。其後「再經過兩年多輾轉反側，無間日夜來思念」，一九七一年春再度啟筆：「歷時四載有半而以六十萬餘言完成。」

好文字的背後——都有如池莉所說「熬至滴水成珠」的故事。此生做不成作家，來世也只望「閒與老農歌帝力」，燈下按鍵，豈能領略「萬里歸船弄長笛，此心吾與白鷗盟」的旨趣！

原刊《文匯報》，二〇〇七年三月四日

千萬別把我當文盲——作家的後現代生活

這是個文字隱退圖像抬頭的年代，還有人會鼓勵朋友邁向作家之路嗎？我在巴士熒幕的廣告上見過：大致說自資出版好處多到說不完，譬如自訂文稿，毋須受那些自以為閻王可操生殺權的編輯的烏氣，還可以自己設計封面，出版社有全套諮詢服務、行銷策略包括新書發佈、媒體採訪……只要閣下肯出資兩萬左右，下一個寫作界天王天后就是你！

有了自資出版，世上再沒有寫作天才仰天長嘯：滄海遺珠，人生自古多憾事！當然，你也不會為失敗之作煩惱；簡媜有這麼個例子：加拿大作家楊．馬泰爾（Yann Martel），著有《少年 Pi 的奇幻漂流》——此子處理失敗之作的法子是放逐——不是放逐自己，是稿子；他從印度某個小鎮寄出那包原稿，收信地址是虛擬的，在西伯利亞，信封上還寫了回信地址，也是虛擬的，在玻利維亞。當他看到郵局職員蓋上郵戳時，心情跌入谷底，痛不欲生。

文章是自己的妙！寫作人敝帚自珍亦人之常情，癩疥兒痘皮女都是自己的俊俏。有了自資出版，作家——不再是夢想！

我曾經推介一位教師朋友的文章予某文學雜誌，老總審稿後認為可用；一個學期後，我那位教師朋友轉了工，嫁了人，說不定要懷孕生子了。可是，文章還排不到期刊登——可見鼓勵人家自資出版勝過推薦人家投稿！地老天荒驚白髮，還不見自己的心血變成白紙黑字，那境況——淒涼過望風懷想、不勝唏噓的蘇武牧羊！

我沒有怪責朋友的意思。事實上，我自小學投稿學生園地，寫了三、四十年仍偷閒塗鴉，臉皮厚不畏漫長的試練，編輯出版界的朋友雖知我不學無術卻愛逛書局，肯給機會我騙幾文稿費以資購書，試問我又怎不感激懷恩！要是連寫兩篇蕪文也沒有機會發表，亦沒有私房錢自資出版，我不鬱死也會「參透色空真境界，一瓶一缽走天涯」。

莊信正曾戲謔：有志於寫作的青年，在肚子有點餓的時候會半開玩笑地表示，希望能娶個富孀為妻；先把生活問題解決了，然後才可以無後顧之憂，放開手計劃寫永垂不朽的文章。

這個年代，真正的富孀才不會找文人做情人，更遑論丈夫；難道她們不知道文人容易憤世嫉俗，自鳴不凡？要找，自然要找懂跳拉丁舞的！

如今，有了自資出版，做作家——不再如「孕婦墳前哭丈夫——就這最後一個了」！機會多得是！黃寶蓮指出，自從偶像明星可以像商品那樣包裝打造之後，便沒有什麼不能以商品的形式去廣告行銷，傳統的作家（指按部就班靠時間浸淫）定義逐漸改變；九十年代西方的出版界有這樣的說法：成為暢銷作家的基本條件，一要年輕貌美，二要頹廢墮落：吸毒、犯罪、酗酒、賣身、打架鬧事愈精彩愈有吸引力；三要短命病態：憂鬱、躁鬱、自閉、厭食。到了現世紀，作家不再是夢想，付錢訂製一個作家身份，人人買得起，人人做得到！

黃寶蓮所言或有所諷喻，她的擔心也許有道理：自資出版當然可以鼓勵創作，兼可彌補因生不逢時懷才不遇造成的失漏，惟評論家會不會正視此類作品？讀者接不接受這類創作？還是，商業化市場化的書市未來，果真是金錢加時尚所主導的趨向，作家是上班族一個月薪水就可以買來配帶的頭銜？屆時，滿街都是作家，那種隱身書堆，終日思索人生目的、寫作意義、為一個字捻斷數根鬍鬚、掉一地頭髮的純粹作家，真的就像熊那樣稀有鮮少，一不小心也就像恐龍那樣消失了。

當遍地作家，文人或許不再相輕。你是作家，我是作家，大家都是作家，碰面關心的是：你今年自資出版了書嗎？王朔有本書叫《千萬別把我當人》，我要是馬事得意——贏了錢，當立刻自資出版《千萬別把我當文盲》，大家都是舞文弄墨的，為了迎接多姿多采的後現代寫作生活，走到一起來了！來，為出版事業注上活力素乾杯！為邁入文人相重的年代乾杯！今年的好書推介，將由過往的五十本大幅度提升至五百本！

已故吳魯芹（一九一八至一九八三）有感於文人「形象」向來不好，如什麼「文人無行」、「一為文人，便無足觀」、「文人相輕，自古已然，於今為烈……」，於是情深款款的寫了本《文人相重》，書中羅列了維吉尼亞．吳爾芙與淩叔華、亨利．詹姆斯與R．L．斯蒂文蓀、傑姆斯．瑟帛與E．B．懷特等七個例子。吳魯芹所抒寫引證，無不感人至深，像亨利．詹姆斯與Ｒ．Ｌ．斯蒂文蓀的交誼，相識不過十年，通信不過數十封，斯蒂文蓀生時沒有紅過，死後也沒有紅過，反觀詹姆斯則不論生前死後，均紅得發紫，尤其在美國，研究詹姆斯已成一種工業！吳魯芹嘆曰：今天要找一位同代作家，或者異代作家，來和詹姆斯作比較研究，做學位論文，大約不會想到斯蒂文蓀。然而，在文人相重的秤上，他們是頗有點重量的。

作家一家親。不要只請大作家吃飯，偶爾請我這個將自資出版的小作家喝杯咖啡，聽我講些市井的風流俗事，不亦過癮乎？

原刊《文匯報》，二〇〇七年四月三十日

假如妻子是一本書

蒙田說他在書籍中，找尋的是一種歲月優遊的樂趣。邱瑞鑾將其一年來在法國國家圖書館讀書的生活，依照春夏秋冬時序編排，以日記形式集結成書。書名叫《布朗修哪裏去了？一個普通讀者的法式閱讀》。我但知「法式濕吻」未聞「法式閱讀」，好奇心加求知慾驅趕下，自然捧起一目十行的瀏覽，但見書中妙語如珠、慧見紛呈……

邱瑞鑾真是讀出歲月的閒適；譬如她繪形繪聲的道出圖書館寧靜的另一面，

幽默過癮：手機鈴聲有千百種，我還聽過狗叫聲。這在圖書館裏可是「奇事」，大家先是愣住，不明白哪兒來的狗，忽然見一個女孩匆匆拿着手機離座，「牽狗出去」，整座圖書館的人一起爆笑。

作者才思富捷，風流調達，令人莞爾。她接着寫道：不過，這裏沒有風聲，也沒有鳥叫；我蠻希望有鳥叫聲，風聲倒不必。因為風聲表示，我得死命壓着書，以免紙頁亂飛，妨礙專心；但鳥叫讓人覺得寧靜，鳥叫得愈動聽，愈教人滿足。

如此輕鬆愉快埋首書堆，自然不會「讀書死」，日子有功，不難達至「博觀而約取，厚積而薄發」。

讀書，我相信「靜者恆靜、動者恆動」，一個人愈不讀書愈不想讀書，反之，養成閱讀習慣，一日不讀書便覺面目可憎，更恍如便秘一週般渾身不舒服。提起書，想起潘銘燊《車喧齋隨筆》內收〈假如妻子是一本書〉。假如妻子是一本書，敢信天下男人，有大半從此「聞書喪膽」。作者提到一則典故，話說十七世紀英國桂冠詩人特拉頓（John Dryden）是個書痴，從早到晚泡在書房裏，令其夫人有被冷落的感覺。一天，不甘寂寞的夫人，終於按捺不住了，衝進書房，大發嬌嗔說：「天啊！特拉頓先生，你怎麼可以整天抱着那些發霉的書呢？我真希望我是一本書，那麼我便可以得到你多些垂青了。」

特拉頓聽了，眼睛從書脊邊緣探出去，悠悠說道：「親愛的夫人，假如妳是一本書，那麼就做一本年鑒吧——這樣我可以每年更換一次。」

特拉頓這傢伙也終於説點「人話」了！當然，他還不算貪婪，要是他說：那就做一本八卦週刊或者文學季刊吧！那我相信他當晚要睡沙發或趴在書堆尋夢。道德倫理觀強的尋且會指摘他「一片慾火橫谷口」或大義凜然的告誡：誦經久不明，與義作仇家！那麼禽獸，寫什麼詩，改行殺豬屠狗吧！

事實上，只有白痴才會把特拉頓的話當真，他的夫人這般的怨而不怒，也說明特拉頓並不是個書呆子。觀其言談，此君似亦懂得生活情趣；要是他真的除了對着書便不理其他，他的夫人想必沒有衝進書房的慾念；更不會發嬌嗔，對着一個「死讀書」的不化詩人，不咬牙切齒唱首「你走你的路」，如何對得住有限的青春？

特拉頓的夫人想把自己變成一本書，其潛台辭也許不過是想紅袖添香——畫眉與研讀合一，不亦旖旎乎？歸有光〈項脊軒志〉說：吾妻來歸，時至軒中，從余問古事，或憑几學書。——書齋生涯，豈盡是喫苦茶耶？

希望妻子是一本年鑒的，恐怕也不會是真心話。作為年鑒，取材枯燥，統計數字一大堆，換的資料陳陳相因，新的內容並不多見。這樣的年鑒，年年換一本，難道會令做丈夫的感到賞心樂事？

百看不厭的東西難求。若然我是特拉頓，妻子若然是本枕邊書，我會選擇語錄，她哦哦細語幾句，譬如說樣樣都加價就是薪酬年年不變，人家阿乜又換百多萬的跑車，自家那架「錢七」隨時鞠躬盡瘁。又譬如她怨自己單眼皮，回頭一笑少了幾分勾魂懾魄的魅力，做丈夫的只要說：哎唷，單鳳眼，多嬌俏！如此三言兩語過後，也讓人有頓好睡！

退而求其次，妻子是本朦朧詩集也不錯。鏡中水月，像霧又像花，讓你的寂寞，也變成密碼——人生如猜測，不亦詭秘玄麗乎！你就是自己的風水師睇相佬，命運自己掌握，省了許多不必要的後遺症。即使你沒有什麼身家財產，自己規劃的人生，兩腳一伸，樂得安寂，亦可瞑目矣！

夫婦相處確不容易。人總有點陋習需要一個人才可逍遙自在，像盛暑在家裸體逍遙，像上廁所不關門，赴豬朋的約不必申請解釋；難怪愈來愈多人即使寂寞也不想結婚。

普天之下，做丈夫的不會希望妻子是一本書，哪怕是稀有的善本，多數男人，總希望身邊的女人是朵解語花。婚姻乍看是歡喜甘願，可日子一久，彼此就要互相埋怨。特拉頓的夫人埋怨丈夫只懂埋首書堆，冷落了自己，花季都快結束了，你這書痴只顧嗅書的霉味，奴家的「毒藥」活該自己嚐？想起就谷鬼氣！

男女相處，何以這麼難？

道理關乎彼此對時間有不同的看法。

張國立在《我真的熱愛女人》有這麼一個例子：我的朋友大呆和他的老婆吵架，還吵得不可開交，我好心的對他們說，都老夫老妻了，何必呢。沒想到大呆老婆先罵我：「誰老夫老妻，我們才結婚五年。」而大呆也沒有感激我，他也罵我說：「別理她，都吵了五年了，我耳朵早就長繭啦。」張國立憑他們的對話，發現一個自盤古開天，或者亞當夏娃誕生後就存在的問題：結婚五年，女的認為才結婚不久，而男的認為都長蔴，各位都知道長蔴是要花上一段很長時間的。

五年婚姻，對一個正常的男人來說，多少都會有點春睏的感覺。這感覺是怎樣呢？黃明堅形容得妙——去睡，卻睡不着；撐着，又撐不住。那睏，不在身體上，甚至不在心理上，好像是鑽在靈魂深處，一個難以尋覓的幽暗硬殼內。

難怪婚後的男人都有破蔴想飛的慾望。認識一個有季常癖的文友，他的口頭禪是「在家一條蟲，出外一條龍」，春睏有多深，春飆的意慾就有多大啊！假如妻子是一本年鑒，其實也不錯嘛，最怕她是百科全書，伴你一生永不言棄！男人之苦，莫過於此。

原刊《文匯報》，二〇〇七年五月八日

懶人懶語「懶有型」

「好吃懶做」是大多數人的通病。

學生不愛讀書，於是吟道：春天不是讀書天，夏日炎炎正好眠。有點創意的，甚至把魯迅的〈自嘲〉改成：「橫眉冷對考試卷，眼睛直對鋼筆尖；英雄不怕打零蛋，挺直胸脯交白卷。」（按：據李敖考證，「橫眉」不是怒目而視，且是愁容感眉的意思。）

事實上，懶——是大多數人渴望的，香港人甚至冀求「不勞而獲」，是以「六合彩」永遠不愁沒有市場，而每趟的「觀音開庫」，善男信女通宵達旦的排隊，一開口便是要「借」一億幾千萬，胃口倒大得驚人！

記得內地早兩年有句諷刺尸位素餐的順口溜：「平平穩穩佔位子，忙忙碌碌裝樣子，吹吹拍拍過日子。」「吹吹拍拍過日子」，這是何等神仙快活的打工日子。英國作家傑羅姆（一八五九至一九二七）譬喻得妙：消磨時光簡直是一門職業，而且是一門耗神費力的職業。懶之為樂，一如接吻，只有偷來的，才會甘甜無比。

一個人懂得忙裏偷懶，生命總會閃爍點點光芒。傑羅姆說偷懶一向是他的強項，他並不把這歸功於自己的努力，他認為這是一種天賦。世上懶人多，而能夠享受「吹吹拍拍過日子」的人，總得有些本領。否則你哪裏有閒心逸想如傑羅姆的去歌頌床——床真是一件奇妙的東西，說它是模擬墳墓亦無不可，我們舒展疲憊的四肢，平靜地沉入寂靜和睡眠。床啊床啊，美妙的床，對於疲憊的頭顱，你就是地上的天堂。試問天下「打工仔」，有誰不嚮往午飯後睡一睡好過做元帥的日子？舉國春風皆午睡，這樣溫馨令人心動的場面，為何只有法國、意大利等歐洲國家的人民才可擁有？

我不是來自潮州，我不愛拼也不要贏，我的小小心願只是午間小睡，每天讀一本小說一本散文，下午四點享受獨自喝茶的好時光（不要美女相伴，她們會亂了我潔淨的心），然後將自己積壓良久的聰明才智去破解一道世紀難題——為什麼醜男可以贏得美人。當然，也可以探討一下何以張曼玉「微波不興」卻教人眼前一亮的「驚豔」？當然，還有章小蕙的跌吊帶與抗拒地心吸力的不墜之謎！懶人其實可以不懶的。

再說，懶人更可以懶得令人欣羨。像章衣萍（一九〇二至一九四六）的名句（見《枕上隨筆》）那樣就懶得有妙趣：「懶人的春天哪！我連女人的屁股都懶得去摸了！」這章衣萍原名鴻熙，十四歲入師範學校讀書。後入北京大學旁聽，與胡適等相識。一九二四年給《語絲》投稿。他的作品《深誓》、《古廟集》、《友情》、《青年集》等，認識的人肯定不多，反而憑這句懶人宣言使他贏到多少人氣！

吾友徐子雄畫家，最近總結他四十載藝途，出了本《行素集》，他笑說自己也是懶人。不過，他只會懶得去摸老虎的屁股，徐子雄的畫與書法天馬行空，他在畫冊的內頁寫道：

飢來吃飯
睏來即眠
閒來多讀書
眼見

一切聲色事物
過而不留
道而不滯
隨緣自在

徐子雄的懶，懶得禪意盎然。改天當刻一個「飯來張口」的閒章送他，害他懶於張口卻勤於潑墨。

原刊《文匯報》，二〇〇五年四月二十八日

從吃大豆腐到背叛遺囑

人生不過是一場春夢，到頭來萬事皆空，到底歸於虛無。佛陀發揮簡單就是力量——道破組成肉體的無非是土、水、氣、火四大元素，由骨肉皮血充填其中，最終是餵了餓狗和鷹隼，想想這些，還有什麼擺脱不開呢？陸游說：死去原知萬事空，但悲不見九州同。我們塵世俗人，靈魂為何不可以樂得無牽掛？為何不可以赤裸裸的來空條條的去？還念念不忘：驀然回首那眼神，沒好好捕捉就此錯過一次銷魂浪漫的愛情？最後嚥下一口氣還不知阿一鮑魚是啥味道？人生必到一百景只到過九十九，怎麼就差這最後一景，死不瞑目啊！

人怕死，其中一個主因就是心願未償。無奈心願通常如慾壑，總難填。賢如孔聖，亦有如斯浩嘆：君子疾沒世而名不稱焉。白走一趟，真的如此令人不寒而慄，心懷恐懼？「我們多數人的一生，即生物為順應社群生活而『馴化』的過程。」傅月庵說他看到《悲情布拉姆斯》裏頭這句話，忽然感觸對於工作的乏味、生活的不耐等等怨懟，竟一一被呼吸出來；儘管悲涼無力，但總也是拒絕「馴化」的一點微弱反抗吧。人，年紀愈大，對命運，愈臣服。年青氣傲，縱使遍體鱗傷，滴着血，亦狂呼要與天公試比高；就此默默倒下，總覺得對生命有憾。

陸揚《死亡美學》指出：死亡恐懼何以產生？印度當代哲學家喬德哈里認為，對死亡的畏懼大致基於三個原因：首先，死亡是種痛苦的經驗，一個垂死的人，通常要經歷巨大的苦痛。其次，死去之後萬事皆空，我們生前孜孜以求的享受、榮譽、名位、財富等等，一切將化為烏有。第三，我們將被周圍的人忘卻，因此失去我們的骨肉和親朋摯友。

喬德哈里體會人對死亡的恐懼，在於錯誤地陷入了官能慾望的包圍而不能自拔，是因為對物質世界形色聲貌的追求遮蔽了人的本性，束縛住了人的心靈，從而使人墮入對生死焦慮的惡性循環，難以體察人生的本真價值。是以要擺脱死亡恐懼，便是要擺脱物質慾求；只有擺脱慾念的人，才是真正自由的人，他將對伴隨死亡而來的痛苦和失落無所畏懼。肉體雖敗，精神永生。這就是人自身價值的充分實現。

對死亡的恐懼，我倒認同米蘭．昆德拉於《被背叛的遺囑》所描述的——那些以堂皇之理由而蔑視死者意願的行為。蘇友貞在《讀書》六月號（二〇〇七年）有篇精彩的論述。她開篇就舉了英國詩人及小説家哈代（一八四〇至一九二八）為例，這位活了九十歲的文豪，享高壽而得以在生前從容地交代後事——他在遺囑中清楚交待要葬在斯廷斯福德（Stinsford）教堂的墓園裏。那兒葬有他的父母、第一任妻子愛瑪以及若干童年的玩伴。回歸田園是他一大心願，誰知崇拜他的超級「粉絲」科克雷爾（Sydney Cockerell）卻積極地運用關係打通渠道，一心爭取把他葬在名家群聚的西敏寺裏面那個「詩人角落」。科克雷爾認為像哈代這樣一位偉大的作家，葬在西敏寺以供後人瞻仰，才是符合他身份與成就的歸宿。

這可苦了哈代！一九二八年一月十三日，在哈代生前為他服務的曼醫生（Dr. Mann）帶着另外一位外科醫生，前往哈代的家中動刀取心。挖出的心臟被放在一個餅乾盒裏，不知何故曼醫生卻決定把這盒心臟先帶回自己家中，然後再移往將入土的棺木之內。據説放在曼醫生櫥櫃上的餅乾盒，卻不幸被家裏的貓兒打翻，從盒子裏掉出來的心臟還被那隻貓胡亂抓打了一番。曼醫生對此雖一再否認，有關哈代遺體的各種恐怖傳説，卻不停地在多爾切斯特的鄉間蔓延。

偉大作家的小小心願竟遭受自己一生從未想像過的剖腹挖心與烈火燃燒的對待，試問葬禮即使轟烈，左鄰右里都是文豪詩聖的西敏寺，哈代的靈魂會逍遙安逸嗎？這是對死者的至高哀榮嗎？難怪昆德拉毫不留情地撻伐此種行為：不論將死者當成無用的廢物來處理，或是當成一種有用的象徵來崇拜，顯現的都是對死者獨立人格的污衊。

蘇友貞說她不能原諒一位丈夫不顧妻子再三的交代，而在她的喪禮上開棺讓人瞻仰她的遺容。他說是為了讓朋友有個與亡妻道別的機會，但她一生羞怯內向，這是她最不能容忍的一種暴露，所以才會在生前交代丈夫千萬不要有開棺瞻仰的儀式。在死去的妻子不能言語的情況下，丈夫為了其他現實的考量，而犧牲了妻子曾做過的最基本的要求，這是一種背叛，正因為這是妻子活着的時候，丈夫不可能會做的事。

生者對已逝者的好心做壞事，確令人唏噓。

先前讀過蔡珠兒一篇〈他吃大豆腐去了〉。原來，以前的台語裏，「食三角肉」是死亡的婉稱（喪事桌的第一道菜必定是肉，或煮或滷，切成不規則的稜角狀，以示粗簡與哀傷），如今舊俗蕩然，此語早已荒棄廢用。倒是上海人因為「豆腐飯」，還把死亡稱為「吃大豆腐」，外人不明就裏，猛一聽「他吃大豆腐去了」，還真不知是死是活。豆腐飯是江浙舊俗，第一道菜必是豆腐羹，其他諸菜亦以白色為主，象徵死者一生清白。

各處鄉村各處例。然而，生前死後——都離不開吃。吾父生前，為了避免被背叛的遺囑，老早便買了墓地，鐫刻了石碑；臨終前尚存的一口氣，仍不忘叮囑喪事後，要好好招呼送他最後一程的親朋戚友，尤其要早訂吾鄉晉江的鱉（水魚）。兩年前一斤也逾百元人民幣，據叔伯們說因近年愈來愈少，都被捕捉得七七八八。這鱉，用來燉湯，特別鮮甜香美。

父親生前，待人禮貌周周，死後，亦要以最好的解穢酒慰勞親朋。蔡珠兒提到去年病逝的香港富商霍英東，財勢雄厚，又是政界大老，喪禮規格崇高，然其解穢酒亦遵古例，僅一甜七鹹。這頓解穢酒確有代表性，菜單：糖水是陳皮紅豆沙，主菜是紅皮赤壯燒肉、東江油鹽雞、紅燒竹笙雞絲翅、清蒸海青斑、翡翠帶子鮮蝦球、日本菇燴鮮腐竹、鼎湖羅漢上素等七樣，多加絲苗白飯。未能吃素與吃素的均照顧到，的確是解穢酒的經典。

死生亦大矣，豈不痛哉！不背叛死者的遺願，生者要用心，喪事是否合乎禮，那是上帝也控制不了的！做人，生前，難！吃大豆腐去了，亦不易！

原刊《文匯報》，二〇〇七年七月八日

人類愚行鑄明日災難

小崎哲哉與Think the Earth Project編著的《百年愚行》，透過不同的圖像控訴人們的自作孽，地球千瘡百孔，人間難覓淨土，叫人看得怵目驚心與不忍。人類的愚行，是否會遭天譴？

擅長拍災難片的荷里活推出了《明日之後》（The Day After Tomorrow），片中大玩特技，有風雪襲擊紐約、洪水浸毀自由神像、龍捲風打爆L. A.，最激當推洪水覆蓋紐約市，認真誇張。這部片的導演羅倫·艾默烈治（Roland Enmerich），拍過《天煞地球反擊戰》（Independence Day），今趟打破災難片「一齣電影一個大劫」，此次樣樣有，可算突破。有影評人戲稱：去到咁盡，將來的災難片，看來要在龍捲風掃來時，加多隻懂得噴火的侏羅紀恐龍，或者一大塊隕石，如此才可壯行色！九六年拍製的《天煞》大收三億美金，這套成本才一億美金的《明日之後》，大玩終極特技（特技鏡頭達三百八十個），幕前明星得丹尼爾奎爾（Denis Quaid）和美琪賴恩（Meg Ryan），「食餬」全賴災難特技的逼真，相信票房會有一定的保證。

觀眾在一幕幕驚天大災難下狂喊尖叫，狂呼過癮之下，可會想起人類的愚行？導演接受訪問時煞有介事的說：《明日之後》並非一般娛樂片，它是教育電視，為了鼓勵大家愛護地球，所以才自編自導一個發人深省的故事，藉天災喚醒大家愛護地球，片頭南極溶冰過程，迫真尤勝Discovery Channel！

當真如此，教「常識」、「生物」的老師，理應齊集眾學生弟子，攜手入場好好上一堂環保教育，實踐「求學不是求分數」的真諦！

撇開《明日之後》的特技，也讓我們看一看地球「受傷」的真相：

——在一九九六年，地球上約有四千六百三十種哺乳類的百分之二十五、九千六百七十五種鳥類的百分之十一瀕臨絕種危機。據說，所有棲息於陸地的物種當中，有百分之五十至百分之九十都生存在熱帶雨林裏，而自二十世紀後半葉開始，熱帶雨林每年以減少一千五百萬公頃面積的速度逐漸消失。

——可以肯定，一些未知的物種正急速走向滅絕。

這一百年來，全世界的地面氣溫平均上升零點六攝氏度，為十個世紀以來上升最多的一百年。氣溫上升的災難，《明日之後》的導演已活生生的呈現在觀眾眼前。

電影雖嫌誇張，而不少科學雜誌如《科學美國人》、《國家地理雜誌》亦提出全球暖化，地球生物受到的生態威脅——像棲息在美國南極研究基地帕默站附近的阿德企鵝，其數量已減少了百分之七十。究其因，原來十月時，企鵝在到達這些小島之後不久就要開始繁殖，牠們需要在裸露的地面上用鵝卵石築巢；若然冰雪沒有及時融化，牠們有時也會試着在雪地上築巢，但這樣有危機——當冰雪最終融化時，這些巢中的企鵝蛋會浸泡在水中，變成「臭蛋」而非有生命的幼鳥。這種「物理環境與生物之間的失配」，使阿德企鵝十五年內在這一地區絕種。

許多物種，例如某些鳥類和昆蟲，據科學家的研究，已經對全球變暖做出反應，牠們把自己的棲息地轉移到更偏北的地區、山區或高海拔地區。至於樹木等，則落在後面。

美國史丹福大學環境科學與政策中心的生物學家 Terry L. Root 警告人們——氣溫的變異將使原有生態系統被「徹底摧毀」，只在原處留下了變異、枯竭的品種（《百年愚行》便登了美國喬治亞洲某個湖變畸形的魚）。當然，物種的消失與變得畸形，還是和人類對土地的使用，如城市、農田和公路，將大地搞得支離破碎有關。

環境的備受破壞，確令人擔憂。《科學美國人》便曾指出，自從一九九〇年代中期，驚人的畸形蛙類、蟾蜍與蠑螈，在美國四十六個州及世界四塊大陸上已出現超過六十種。

一隻青蛙一張嘴，竟變成一隻眼睛七條腿？在某些族群中，外型有缺陷的動物平均約佔百分之二十五，比過去數十年明顯高出許多。

兩生類究竟生了什麼奇難雜症？

許多報告把畸形的責任歸咎於三名「嫌疑犯」——紫外線照射的增加、受污染雨水或寄生蟲的流行，然而，這些報告彼此互相矛盾。

新的證據指出，寄生蟲的傳染引致最普遍的畸形之一，即多出來的後腿，並且強烈提醒大家，對棲境造成改變的人類活動，使這個問題更加惡化。

科學家又指出，某些蛙類廣泛分佈的變化，可能同時造成族群量下降與形態異常。譬如說，許多研究已經顯示，過量的紫外線輻射（由於人類使大氣層上層的臭氧減少而造成），會抑制兩生類幼體腿部的形成，甚至把牠們無殼、易受傷害的卵中胚胎給殺死。

未來全球暖化預期會使某些原本合適生活在水域棲境乾涸，或使某些地方有感染現象出現，導致兩生類不正常發育。

地球上的災難，並不只是死人塌樓，水淹雪崩，把人類的感官一下子溯回到天地洪荒的境界；像那些面臨絕種的阿德企鵝，只有一隻眼七條腿的畸蛙，要是導演抓住這些「小眉小眼」的事故，說不定會拍出更令人折服的「愛的教育」，教芸芸眾生油然滋發一線惻隱之心，那就真是阿彌陀佛！善哉善哉！

原刊《地平線月刊》總第八十期，二〇〇四年七月

脱略文字累，别了香港——懷念陶然兄

春雷一響，驚蟄掩至。

三月，陰冷多雨，蛇蟲來不及破土而出，灣仔鵝頸橋阿婆「打你個小人頭，等你有氣冇碇透，日日去摵頭……」的抑揚頓挫仍在香灰飄起的潮濕空氣迴蕩；三月，我欣羡王羲之「暮春之初，會於會稽山陰之蘭亭，脩褉事也。」三月，我還在懷想老杜所說的「長安水邊多麗人」究竟是否「老點」還是他老人家雙眼昏花？

活着，難免偶爾會胡思亂想，不然，一介凡人，日子怎麼過？

然而，我知道你並非愛扮清高或有文字潔癖的老總，你也是一介凡人，卻這麼決絕。頭也不回，眼角也不多瞅一下，不問人間是非，就這樣撇下至親和這麼多老朋友。你竟連揮一揮手，打個招呼也懶？說走就走！歲月似水，逝者如斯，份外無情，這畢竟與你一向溫柔敦厚、儒雅婉約的氣質不大匹配吧？你的筆名「陶然」，多麼怡情寫意，坦然無牽無掛，想像你的為人，不會只見霜氣而不見晨露吧？怎麼一染上感冒，嘔吐，胃口稍差，說是細菌入肺，就此匆匆雲遊四海，逍遙港外？

此刻，一陣冷風吹來，腦海浮現清朝內閣學士翁方綱於北京任職時，遊覽「陶然亭」，一時興起作了一副留存千古的對聯：「煙籠古寺無人到，樹倚深堂有月來。」真有境界，我不知道你的筆名「陶然」是否當年在北京師範大學唸書時，遊覽「陶然亭」時給你的靈感？此刻忽然想起，卻再無緣在啡醇茶香中向你求證了！

我雖然也讀史，可是對於時間總是沒有什麼觀念，也掌握得不準確。與你相交，也不大記得始於何年何月，只是記得不會少於二、三十年，算是「老朋友」了。香港地，個個都為生活三餐奔波，不要說朋友，即使是自己兒女，若然不是同住，一年也難得幾回聚，頂多「大時大節」如聖誕、新年碰一碰面，在酒樓吃頓飯而已。

先生話不多，甚且可稱木訥，這是認識你的朋友們的「共識」。當然，沒有人會覺得你「冷」，反而覺得你是個「老實人」，起碼是個「少說話多做事」的長者，這是我認識的陶然。他的話不多反而成為他的親和力，相識他的，不論作者、讀者，無不對他的為人豎起大拇指！要言之，他雖然著作等身，卻從不覺得自己是「大作家」、「大編輯」，反而常自嘲「都係搵食啫！」

今年初，他傳短訊告之在《大公報》文化版開了個專欄，逢週四見報，我最後看到的是〈當年年紀小〉，發表於今年二月二十一日，寫他小時候在印尼生活的點點樂趣。如今斯人已去，他為人熟悉的抒情筆調，層層真摯感人的白描，不怎麼雕鑿，親切如見其人的自然可喜，更加令人懷念！

評論陶然的文章多矣，不必我再多囉嗦。

認識陶老總這麼久，我沒有寫過一篇分析他的文章，他並不以為忤，反而常約稿，譬如叫我介紹台灣簡禎的散文。我這人疏懶，更知道自己讀書少，是以少寫評論文章。當年如果還寫了一點「讀書心得」，多是陶兄迫出來的，令我也有機會，可以扮扮「文青」的「悔其少作」。這幾年，算是個無事忙的閒人，退休了也就「的起心肝」，二〇一七年九月在《香港文學》寫了一篇〈將軍有劍，不斬蒼蠅〉，算是略述其小說的時空意義。他傳來照片，說是痖弦的字條，告之「施友朋評得頗貼切」，我為之汗顏。其後二〇一八年四月我又以〈風吹一爐火，錘打萬點金〉為題，小議了他的散文。

文章千古事，得失寸心知。好與壞，並不是誰說了算。白紙黑字，是否不廢江河萬古流，還是留給時間去評說。

與陶然相交這麼久，可謂亦師亦友；他沒有架子，為人謙和厚實，與他相處，自然可以體會什麼叫「平易近人」。我與陶兄真是無所不談，彼此不必設限，提防什麼「不可說」。人生，總不能老是「正襟危坐」，這樣太累了，偶爾來點言不及義，說些「男人最痛」、風花雪月，點綴一下生命的苦悶無奈，誰曰不宜？只是，這樣的老朋友，竟然說走就走！留下三月綿綿無盡的細雨！

人生天地間，忽如遠行客。

人生忽如寄，壽無金石固。

古人老早就懂得「來時去路」，大家平等。

人生如寄，也許，你只是早走一步，陶兄，你在《香港文學》的絕響〈別了首爾，登上南怡島〉，今不過換了題目〈別了香港，登上蓬萊仙島〉而已。

郭豔媚在微信說：

香港文學這支筆上
有你獨一無二的指紋
你一直都在不曾遠去

賈平凹說：一個朋友死去了，但朋友常常讓我們想到他的好處，可以說這個朋友並沒有真正死去。

春雨綿綿，陶然這行客，亦不過是「脱略文字累，免為外物櫻」。

不立文字，應格外瀟灑。

——稿於二〇一九年三月十四日暗雲密佈的野村

原刊《城市文藝》，總第一百期，二〇一九年四月

文字的性格與品牌

好文字都有迷人的性格，好作者必有閃亮的品牌。一讀，就上身。

多年前看過徐國能的《第九味》後，就一直惦掛着他的文字，不久前，讀他的一篇散文〈雨點不斷打在我臉上〉，風采猶勝往昔，有種詩人所抒發的感詠：再坐／坐到寂靜滿盈／看一莖纖草端舉群山長嘘一聲／胸中溝壑盡去／遂／還原為平地。百轉千迴，到頭來還不是「見山是山，見水是水」。有什麼好得過「要眠即眠，要坐即坐」，人生，貴順意。然而，現實生活又怎會如此簡單，要不然我又怎會每逢驚蟄，都心思思要到灣仔鵝頸橋打小人。明明與世無爭，卻常被暗箭所傷，世上若真有明主，我也不必披血怒飛，唸唸有詞：不用神仙真秘訣，只教枯木放花開！

徐國能說：雨點不斷打在我臉上。我總是頂着紅白相間、圓得可笑的安全帽，騎乘在50cc摩托車上，我沒有一匹用口哨便能喚來的馬，也沒有一個草原的漫漫黃昏。我只有貸款與卡債，以及一堆惱人的公事，我必須闖過一個又一個無趣的紅綠燈，追趕永遠來不及的明天。

當人生只剩下淡淡的絕望。作者歎詠：中年聽雨，是無情也動人的時刻，唯一不解的是為何從古到今，這樣的時刻總是在失去了睡眠和夢境後，江闊雲低的客途之中呢？

唉，客途未必有秋恨！專家警告：遲些連冬天也沒有，真替齊秦的《大約在冬季》着急！約會女友，不論新歡舊愛，都要在火紅的夏天！填詞人，請為追浪逐水的青春一族，填一首《彷彿是夏季》，情商張學友感性哀婉真摯演繹，一炮摘下明年樂壇所有大獎。拍 MTV，若找到 Co Co 姐跳豔舞做背景，若然銷情不佳，小弟封筆至明年冬季！

一連八天的酷熱警告，我多麼希望雨點打在我臉上。我多麼盼望學晚明才子李漁的夏季行樂之法：匪止頭巾不設，併衫履而廢之，或裸處亂荷之中，妻孥覓之不得，或偃卧長松之下，猿鶴過而不知。

如此消暑，十個男人九個喜歡，草木皆天香，大千入毫髮，如此順意的裸趣，過癮極了。那個不喜歡的男人，原來有妄想症，急不及待脫衣，一支箭潛入水底找他的美人魚去了。

舒婷的美文說：有蟬鳴的地方就有水氣，膠成一網透明的涼意，從老榕的傘尖直抵倚牆而笑的石榴。生機無處可尋卻又觸手皆是，在皮膚上粼粼波動，欲言猶止。而我們所處的石屎森林，熱到爆炸！皆因：有冷氣機的地方就有滴水，噴出一網躁狂的蒸氣。我們沒有老榕樹的傘尖，有的是路政署挖一世都挖不完的工程，永遠的單程路，永遠的堵車！

這麼熱，還是躲入黃永玉水氣淼淼的墨荷中，化身一尾沒穿衣服的游魚。吾友梁錫華曾為文高度讚揚炎夏裸露之樂。他說，在往昔，裸泳的機緣像中彩，不多。即使有外眼盯不透的私人泳池，也難保不受某些機靈眸子的掃描。但如今世界開通多了，身體不論上中下，似乎已愈來愈不神秘……要能真正的忘我忘機，得求諸原始氣息撲面的大海，因為其中有流有浪。那流那浪把赤條條的水我交融沉醉者盈盈環抱，把他可掀動的四肢百體，全撩撥得癢滋滋、笑嘻嘻；而通體毛孔所發的樂歌，就如丁尼生（Alfred Tennyson, 1809-1892）長詩〈輓詞〉裏頭那幾段銀鈴歡音，清脆持續，響得水和天都展顏了。

難忘小時候裸逐於家鄉的淺灘，一起戲水的童年玩伴阿玲阿花，還記得那和風細雨的春日黃昏，我們一起拍手笑唱：找啊找啊找，找到一個朋友……敬個禮啊握握手，你是我的好朋友。往事如煙，六十年代與母親偷渡南來香港，住香港仔，入讀一間閩南人開辦的小學，好像叫「閩菁小學」，教音樂的男老師很溫文，他彈着一具陳舊的鋼琴教我們唱：「找啊找啊找，找到一個朋友，笑嘻嘻啊拍拍手……」，不知為什麼，我的眼淚一滴一滴的湧着而出，最後更失聲痛哭，把音樂老師嚇得手足無措。童年糗事，童年的唱遊亦早已淡出自己的生活，而那屬於昔日最純真的微笑，竟於夢中亦網罩不住，是現實生活中太多的猜疑？是工作間太多的假面具？彼此距離那麼近，防範卻那麼深。為何我的「考績報告」總是那麼強差人意，我課室管理不善為何拉低我其他的能力？我以「割雞焉用牛刀」的態度處理我擅長的文字工作為何就是不積極主動？我不屑於解開這個「謎」，教了大輩子書，活了這把年紀，該失敗的不會再成功，失去的青春追不回，逝去的熱情喚不來。如果自己的愉悅還掌握在 5* 級或 ABCDE 幾個符號，我有愧讀了這麼多哲理的書，更愧對懷胎十月的親娘，讓我安樂死吧！

我年紀愈大，愈愛平民滋味，我愛吃人間煙火，最討厭扮清高的人與事。簡媜近年的散文〈遊學誌〉最能洗滌我偶爾感性的情懷，試朗讀這一小段關於美國國家公園的美文：此地崇山峻嶺，雲深不知處，高原曠野，雜樹綿延，日出日落，絢霞滿天。想像自己是策馬馳騁的印第安勇士，勒馬於高山懸崖邊，放眼俯視杳無人煙的四野，檢閱繁星孤月，山風呼嘯如天上笛聲，此時胸懷壯闊，足以吞吐天地，情思翺翔，披靡千川百岳！不禁吶喊！諦聽回音，再高聲吶喊！音音相連，眾靈皆現。經此洗禮，不再是凡人，哪還能耐煩小恩小怨小悲小喜，也不屑於碎骨爛肉之人間賞賜，白白就把英雄氣概給賣了啊！

我要走出課室，呼吸天地正氣，讓湖海山岳洗盡胸襟的小家子氣！「十四萬人齊解甲，更無一人是男兒」，歷史的嘲笑是一面倒後鏡，那映像才教人驚心動魄！

好文字都有迷人的性格，好作者必有閃亮的品牌。充實的人生必敲出聲響，任你的腳步走多遠，也聽到！

原刊《文匯報》，二〇〇七年八月十二日

創意挑戰：短即是美

有人覺得長篇大論的文章易寫，紙短情長的美文難巧。我的看法是：無論長文短章，最重要是要有文采！所謂「言之無文，行而不遠」。你的大作言之無物沒關係，只要讀之有味，那就是上乘的作品。晚明小品強調的「幅短而神遙，墨希而旨永」庶幾近之；說得白一點，就是身材玲瓏浮凸的美少女穿上比堅尼，必令人心旌搖動。

報上的副刊，通常在千字以內，尤以五、六百字最吃香。如何經營一個專欄？梁錫華博士所言正合吾意：不專欄而雜感，本來也無傷大雅，但文章既然要面世，正如人要上街或訪友，衣服鞋襪，即使不必刻意打扮，也總得清潔整齊。雜感既然頂着個雜字，乃隱然有百感可抒的意義，其範圍可以說是無垠的，不過，也並非無邊無際。誨淫誨盜之作，我想任何良知未泯的人，都不會去搖筆生產。但除了這反面的一點，今天的雜感方塊，還該有什麼正面的標準呢？以起碼條件來說，文字可觀應該是第一項資格了。生而有幸受過中等教育的，誰沒有雜感？而且誰不會按腦波的起伏流轉，每天擠揑五六百字？可是這類排泄式的塗鴉，能見人麼？老實說，即使是大作家，也得下點文字工夫，否則只會愈寫愈糟。

天天有感有字，但，無文！

有文采的歌詞，也特別令人欣賞，林秋離／許環良填詞、阿杜唱的《有你才完整》是首傑作——

海連着天　遠遠將你載過來／期待的眼　因為你而亮了起來／胡姬花濃郁的香味　溶成了心中難言滋味／無論遠方你眷着誰　留連着不回／勿忘年少的　熱淚／因為我　單純小世界　原來有你才完整／胡姬花在風中　飄多遠／是我散落一路思念／飄飄蕩蕩經歷一切　只要有你　我才完整／就算海再遠　天把我們相連／風中你聽得見我　思念。

整首詞情景交融，意象繁富。「就算海再遠　天把我們相連／風中你聽得見我思念。」那簡直是陸機《文賦》所說的：其會意也尚巧，其遣言也貴妍。暨音聲之迭代，若五色之相宣。作文用字的聲音——既要有變化、不單調，又須配合和諧。《有你才完整》的詞，可謂盡得聲音文辭之美。

歌詞不會太長，正好符合靈巧的短篇創作。張定綺曾介紹二十世紀八十年代，美國文壇掀起創作短篇的小旋風，其中一種叫 drabble，是一百字為限的短篇小說，文章不多不少必需剛好一百字。後來加州《新時代》週刊又推出「55字小說」和「55字詩」。兩種文體一個要求：以有限篇幅考驗作者無限創意。小說更要呈現角色、背景、情節，確是極嚴酷的創意挑戰。

九十年代手機簡訊推出後，一則簡訊的長度是一百四十七個半形字（包括字母、標點、空白），換算中文是七十個全形字。舊式英文打字機計算字數是以五格（半形成）為一個字，一百四十七個空格大概只能算二十九個字，而且很多英文單字都不止四個字母，以致一篇五十五字英文小說，可能需要三到四則的簡訊才能發完。英語界不見有人提出以簡訊篇幅為創作極限的建議，可見有其難度。

余光中今年五月中旬發表的〈紅娘青鳥換手機〉說得妙趣橫生，詩人的想像力，在時間的薰炙下成果而益甘：人間有情，不能對話的時候，只好通信。因為情急，所以通信的方式愈來愈快，從魚雁往還到手機互撥，何止是朝發夕至，簡直是念起訊達。快信不再是限時而是即刻了。想想看，羅蜜歐與茱麗葉如果可以互撥手機而不用靠修道士勞倫斯從中傳話，怎麼會死於悲劇呢？而橋下等人的尾生，如果及時收到簡訊，怎麼會洪水沒頂呢？「一刻千金」，現在有了新的意義。

用簡訊談情說愛、暗通款曲確妙不可言。簡訊的英文是Short Messsage Service，簡稱SMS。SM兩個字母可以是很多事物的縮寫，虐待型性愛（Sado-Masochism）赫然也在其中，與「服務」（Service）合而言之，令人浮想聯翩。在潛意識中碰觸禁忌的慾望，或乾脆說自討苦吃，甘之如飴，應該也列為收發簡訊的動機之一。張定綺說得好：七十個字的關卡不是難關，中文的唐詩宋詞、明清筆記小說，早有很多在這限度之內的優秀作品，但簡訊文學可以同時使用中外文字、圖形、空格、設計新的表達形式，發揮創意，呈現我們這時代的特色。

一百、七十或五十五字，都是遊戲規則。文字遊戲是一種文字活力與生命力的呈現，火星文曾經引起複雜的反應，但無可否認它代表中文沒有僵滯，仍然是一種活力蓬勃的語言，能夠吸納來自四方的新元素。

簡短文字尤要講求功力。余光中曾舉梁代劉潛的〈謝始興王賜花紈簟啟〉只有三十五字：「麗兼桃象，周洽昏明，便覺夏室已寒，冬裘可襲；雖九日煎沙，香粉猶棄，三句沸海，團扇可捐。」

簟，竹蓆是也。一張竹蓆在劉潛的生花妙筆下竟勝過兩匹空調，好文字！余詩人指出：最後四句的對仗真美，酷暑之烈，說成「煎沙、沸海」，十分生動。儘管如此，只要能卧在這樣的桃枝蕈或象牙簟上，也覺得清涼宜人，不用敷粉揮扇。這樣的謝函，比名貴的贈品更加名貴。這樣的文采，比詩更有詩意。

設想我把這樣一張竹蓆送給金毛強，他恐怕會發一個短訊：咁 cheap 㗎！送

D咁嘅嘢，超低能，勁搞笑！不如送梳蕉啦！

哎呀！真的是所送非人，速速送回，讓我給小狗阿寶枕着睡好了！

原刊《文匯報》，二〇〇七年九月十八日

改個好名，不難！

「亞洲股神」李兆基最近人逢喜事心情好，早陣子捐了五千萬元予香港公開大學，又為其孫女改了個好名——李晞彤。好名字的意思，是不用僻字，入學時老師毋須查字典，讀起來鏗鏘悅耳。李晞彤，據堪輿學家麥玲玲說，晞彤係熱天出世，五行屬水，命格旺財，主要旺爸爸，其次是旺家，而個名亦改得不錯，天地人格佈置平均，這個名有助將來聰明、成功、權力和名利。

改一個好名以助聲威確重要。且聽我說個故事：《清代野記》提到一則殿試的故事——話說同治七年，王國均那一卷幸列於十名之內，入翰林的希望極高，可惜王國均以音近「亡國君」，大為慈禧所忌。蓋其時太平天國滅亡，人稱「同治中興」，朝野皆沾沾自喜，突然出現「亡國君」，認真唔過你大吉利市！與王國均同時應考殿試的，有個叫劉春霖，卻成為狀元。無他，皆因劉狀元之名改得好，改得合時。事關當年北方雨水不足，取名春霖正是好兆頭！

改好名，有時順手拈來，就是好名。好像姓馬的，不妨就叫「馬照跑」；姓武，就叫「武照跳」；姓古，當然叫「古照炒」！如姓錢，請考慮「錢向東」；姓紀，就叫「紀開收」吧！姓方嘛，叫「方起步」如何？姓劉，自然是「劉一線」啦！

讀者當然知道這是筆者信口胡謅。南方朔對人名學倒頗有見地：人的名字是人的標示，儘管它是一個標示的符號，但人的自我認同卻棲息其中。因此，佛洛依德遂說：人的名字是他個人的主要成份，可能還是他靈魂的一片。這有點道理，同樣叫「偉仔」，奶奶要看的電影台，揀的原來是梁朝偉而不是曾志偉！有得選，你才是個精明的觀眾！

改名的學問，日本人倒優為之。南方朔說：日本王儲德仁太子暨太子妃雅子添女，取名愛子，號敬宮，取義《孟子．離婁下》的「愛人者，人恆愛之。敬人者，人恆敬之。」日本王室家族成員的命名，一向敬慎嚴謹，先由碩學鴻儒從中國及日本的漢學古籍裏選取多組名字供參考，而後再由天皇及生父母定奪。這些名號必需高雅又有倫範意義，俾和平民有所區隔；同時又可藉着名號所顯示的意義，讓這個孩子的一生有遵循的目標。

日本人可謂視姓名為一生的守護。當今王儲德仁，號為浩宮，取義於《中庸》；太子文仁，號秋篠宮，取義《論語》；而公主清子，號紀宮，取義於《萬葉集》。日本王室的命名，可以說已將「姓名語言學」的運用發揮到了極致。

原來，「姓名學」在西方一樣受到注視，也是一項大學問。以英美為例，它每年賣得最多的出版品，並非流行小說，而是家家戶戶都去買有關姓名之書。全球性的《姓名學季刊》，早在一九五一年經已出現，那是一種綜合的科際整合學報，從語言學、記號學、語意學、歷史及文化研究、民族遷移等各式各樣的角度來研究姓名這個與每個人都切身的問題。清代大學問家顧炎武於《日知錄》有云：古人取名，連姓為義者絕多。近代人命名，如陳王道、張四維、呂調陽、馬負圖之類，榜目一出，則此等姓名幾居其半。南方朔所言甚是：「命名」乃是人類掌控萬事萬物奧祕的起源。

馮象指出，現代法治一個起碼的要求，即政府盡量少干涉公民私生活的自由，包括以多數人的名義限制少數人的自由。少干涉，便意味着多尊重民間慣例和民族傳統。漢族取名既然歷來自由，允許用冷僻字、異體字，如果未妨害重大緊急的公司利益，就沒有必要管它。據國家教育部公佈的去年語言生活狀況報告，六千多萬人的名字有冷僻字。三、四字以上的名字，出現「趙一A」、「奧斯鋭娜王」等中西混淆名字，還有人用電郵符號給孩子取名「@」，意為「愛他」。

專家指出：長期以來，由於無法可依，人名用字毫無節制，字量無限擴大。基於有人愛用僻字、異體字，造成許多不必要的麻煩；是以呼籲趕快立法，編一份法定字表，實現人名用字定形、定音、定量、定序。此外，《漢語大字典》收單字五萬六千個，而專家發現：三千五百個常用字足以覆蓋百分之九十九點四八的現代出版物用字。

《毛澤東選集》四卷，單字不過 2,981 個。有論者指一九八八年，國家語委曾就十四省市人口普查資料抽樣選取五十七萬條姓名，共錄得 4,141 個人名用字，其中 1,505 字覆蓋了 99% 的姓名，餘下 2,636 字，僅為抽樣人口的百分之一所使用。而這一批生僻人名用字當中，超出《信息交換用漢字編碼字符集／基本集》國家普通級字庫標準——6,763 單字的，有五百多字。使用者不足抽樣人口的百分之零點一。結論：為極少數人使用生僻字的需要去無限增大字庫，是一種資源浪費。再說，用生僻字異體字起名有違信息、社會簡捷、便利的特徵。對此，馮象不以為然，明明是電腦字庫太小、軟件設計失誤而不應怪責老百姓亂用僻字。

中文姓名最長可有六個字。事實上，要改一個好名，不用僻字一點也不難！好像拙名，可改「施友愛民主」、「施文笑談中」、「施文動中港台」……你看多麼言志精簡，一唸難忘！女士揀伴侶，「斯文」（施文）肯定是其中一個考慮因素，啊，當然還可叫「施文一吻」，一見鍾情有望也！

原刊《文匯報》，二〇〇七年十月八日

戀夜絮語

這人貪食好色，文字浪蕩；我愛夜的迷離與詭秘，知我者，必不會懷疑我對暗夜的迷醉！不要笑我有戀物癖，我喜歡標致的女人穿一身屬於黑夜的絲質胸罩內衣，在柔和的燈光，雲水禪心的輕音樂氛圍下，那種性感，有月印萬川的豪麗玄秘，復有教人陷入黑洞的刺激詭異，無助——卻過癮！

戀夜，晨早卻要為口腹奔馳，我只好把睡眠「斬件」，總是在下班後沉沉的睡上一覺，晚上才潛心讀書寫稿或批閱學生的功課。當然，年青時，更愛在夜晚呼朋引類，說要再來一桌鬼話，幾帖風花雪月的韻事；酒後，總有人失儀，狂歌當哭把暗戀隔牆花的糗事都抖了出來，把不成調的情詩勇敢的高聲吟誦，眾人大樂，肉麻當有趣是純真簡樸年代的最佳娛樂。

自小與夜有緣。小六初中時，住北角和富道四層高的唐樓，母親早病逝，青春期的我，一個人住在板間房，內心特別孤寂；睡不着，尤其燠熱溽暑，我愛一個人跑上天台，赤裸上身只穿短跑褲橫躺矮牆上，仰觀天象，淡雲微月，殘星孤影，雖非處身茅店雞聲，亦不懂追咎什麼前非；記掛的，倒是樓下上海婆那四個亭亭玉立的女兒可都睡了？夜，這麼靜，人，如此虛，卻無論我如何側耳傾聽，也聞不到那微有芳澤的鼻鼾聲。少年心事，幾十年後依然會在夜雨中嘩啦啦撻地撻的乍醒，只恨沒有楊柳岸，曉風殘月。

夜晚，告訴我們真實的自我；有諺語說得好：夜晚不知羞恥。《古詩十九首》

我最愛這首：生年不滿百，常懷千歲憂。晝短苦夜長，何不秉燭遊？戀夜的人，多信奉行樂及時，李白嘆浮生若夢，為歡幾何？李商隱更是抒寫黑夜的高手，像寫賈生的「可憐夜半虛前席，不問蒼生問鬼神」；寫「嫦娥應悔偷靈藥，碧海青天夜夜心」；寫兒女私情的慾望還休：「芭蕉不展丁香結，同向春風各自愁」，我有一百零一個理由相信他是「夜之男」。

天黑後，權力從權勢階層轉到弱勢社群身上。不要誤會，我不是說「黑社會」，我是說像我這種安份守己準時交稅的小市民，在夜裏，總較容易找回自我。英國國王詹姆士一世（一五六六至一六二五）時期的詩人托馬斯．米德頓這樣看待黑夜：除了睡覺、吃飯和放屁外，無所事事。就這麼單調？沒有意亂情迷的出軌？天亮以後說分手，時租酒店的七色華燈，閃亮着多少情慾愛恨故事。

昏暗的夜，最宜釋放自我。沒有誰的眼睛會注視我們、指責我們。我愛夜，那穿絲質褻衣的女郎呢？為何總是躲在夢裏面？太陽出來了，先努力為稻粱謀，否則便沒有黑夜的自在逍遙。

《色，戒》裏面的易先生怕黑，他是心裏有「鬼」！這樣怕黑的人，自然難以領略「寒夜客來茶當酒，竹爐湯沸火初紅」的佳趣。已故逯耀東說宋朝杜耒此兩句詩充滿詩情畫意，皆因在嚴寒的冬夜，突然有故人不期來訪，披衣而起，發火煮茶。兩人榻前抵膝相坐，把肩共語巴山別後。茅舍外寒枝的壓雪無聲自墜，茅舍內竹爐裏的松炭偶爾爆花，伴着釜中茶湯的初沸聲，此情不僅可以入詩，此景也可入畫。

可惜，此情此景已成絕響！讀平路的散文，提到銅鑼灣、中環的夜色。銅鑼灣是我較熟悉的，平路所描述的百德新街亦已面目全非；她筆下的星巴克、See's Candies已消失了，看來已被時裝店取替。我所關心的，倒是幾間樓上書店的存在，樂文、開益都十一時關門，旺角好幾家樓上書店關得更早，像田園十點就拉閘，令我這夜遊神十分無癮。通宵書店在香港或不可行，然週五、六延至三時才關門可以嗎？三時——會有女士小姐在「打書釘」嗎？

平路寫的中環夜色，說來慚愧，在港島住了逾三十年，竟未曾領略過她的浪漫與歷史意義。平路寫她在夜色裏繞着域多利監獄遊逛，確充滿玄惑之美與無盡幽思，她說：上階梯、下坡道，繞着已成為古蹟的監獄遺址，迎面見到角樓、石板階梯、牆頭帶刺的捲籠、鐵門裏面滾動的落葉，以及高聳的斑駁石牆。牆的縫隙偏又蹦出了生命，搖晃着幾株嫩綠的蕨類植物，在路燈下，現出詭譎的美感。於如此氛圍，平路記起詩人戴望舒一九四二年在這所監獄的落難處境，他那首〈獄中題壁〉寫得悲從中來。

我愛夜詭譎的美感。王文華說：若即若離的女人，令我着迷。亦正亦邪的英雄，令我傾心。真理，不如兩難有趣。黑與白，永遠鬥不過灰色地帶。

原諒我活了這把年紀，依然坦白直率，嫉惡如仇。我愛夜，不能自拔，也許因為夜——有不可抗拒的灰色地帶！

原刊《文匯報》，二〇〇七年十月二十一日

生命短促，如一卷影片

九月十日是「世界防止自殺日」，據報道去年全球有一百萬人自殺死亡，平均每四十秒就有一人。本港去年有近一千二百人輕生喪命，較前年增加近兩成。升幅創近年新高。

自殺是一種有意地殺死自己的行為。自殺（suicide）在英語和法語均習用，此詞由sui（自身）和cidaere（分割）兩個拉丁語組成。法國著名社會學家杜爾凱姆認為自殺是「由死者本身完成的主動或被動的行為所導致的直接或間接結果」。

在人類歷史中，無論古今中外，自殺是人類社會普遍存在的一種行為。

在中國，自殺行為發生的淵源非常悠久。中華民族第一位自殺者據說可能是幾千年前的氏族領袖共工氏，他「怒而觸不周之山，致天傾地斜」，當然，有些「自殺」卻非出於自願。《史記．卷六十五．伍子胥列傳第六》記伍子胥在許多事情上失寵於吳王夫差後，夫差便賜劍伍子胥，讓其自盡。

古希臘曾制訂一些允許自殺的條款，如受辱、名譽被毀、國家危亡、親人喪亡等。古代亞歷山大城是當時世界文化中心，據說那裏有傳授自殺方法的特殊學校。羅馬帝國時代，也存在支持自殺的宗教團體，在其統治下的馬賽市議會上院，甚至頒佈了對有「某種正當」理由自殺者提供毒藥的決議案。

十八世紀末爆發法國大革命，之後歐洲各國相繼廢除自殺禁令。到十九世紀中葉，繼續實行自殺禁止法的國家只有英吉利。英國對自殺者的處理非常不人道——死者屍體被拖着遊街示眾。

生命可貴，也短暫。有一篇文章說：設想一下你是在同一間房子裏度過一生的。每天的同一時間你進入這間人工照明的房間，脱掉衣服，在攝影機面前擺出同樣的姿勢。在你一生的每一天，攝影機都給你拍下一個鏡頭。在你七十二歲生日的那一天來放映這部影片。在不到半個小時的時間（每秒十六個鏡頭，總共二十七點四分鐘）裏，你將看完七十二年來——你的成長和衰老！生命是短暫而珍貴的。連悲觀哲學家叔本華也說：自殺是懦怯的行為，只有瘋子才會犯這種罪（見〈論死亡〉一文）。

生命不但可貴且短暫——是以斯賓諾莎寫道：聰明人思索的不是死亡，而是生命。英國的A．C．格曾林於〈死亡〉一文認為，相比起我們的祖先，現在的人把死亡想得要艱難得多，陌生得多。在人類的早期，死亡無處不在，比生活中大多數愉悅之事都更親近，更令人熟悉。它出現於每張飯桌前，追逐在每一級階梯上，每一次呼吸裏，使世界變成一個完全不同的地方。當然這就給了宗教一種可怕的推動力，以作為在徒有虛表的生存中唯一的安全的施捨。

我尤其喜歡格曾林的譬喻——任何東西不會像冬天的鐵線蓮那樣容易死去。但是，當三月春風吹拂花園時，又長又綠的新葉，便從鐵線蓮那脆弱的嫩枝上長出來，到處去尋求生命的附着點。對於面對死亡的遺憾和恐怖的人類來說，平常多觀察一下自然界興衰榮枯的現象，一定會尋找到希望之源。於是，宗教和神話裏便充斥了靈魂復活之類的故事，因而復活節成為春天的節日也就非偶然了。

一片烏雲足以遮蔽整個太陽的光輝。短暫寶貴的生命，豈容太多消沉情緒任意馳騁。

科學發達，人的生命與死亡也變得複雜。內地作家阿來說得好，用更長遠的眼光看，因為科學技術的進步，人體會變成一台機器，身上的任何一個器官都可以像機器部件一樣隨時更換。那時的人會遇到一個難題，那就是以一個什麼樣的標準來判定人的死亡。是全部器官都已經更換了一遍，兩遍還是三遍。或者說那時就像消滅了某些疾病一樣消除了死亡。死亡太多是一件恐怖的事情。死亡的消失則更為可怕。生命的規律是由死亡給新生騰出空間，換句話說，沒有死亡便沒有新生。人人都不願死亡，懼怕死亡，也便杜絕了新生命誕生的權利。所以，我們說，是科學教會了我們正視死亡，同時，也迫使我們以更嚴肅的方式思考死亡對於世界的意義。

對於人為何自殺與及死亡的問題。專家學者的言論、研究多如牛毛，要理出個頭緒並不容易。我倒覺得，人要坦然面對人生，凡事最好不要太執着，閒看花開花落，偶爾讀一點宋詩，也不失為樂觀性格的培養。日本學者小川環樹的《論中國詩》，於「大自然對人類懷好意嗎？——宋詩的擬人法」有如此見解：大自然就人類懷着好意這種表現，見於宋詩較多，一般而言宋詩也較唐詩更能給人以明朗的印象。

小川環樹認為，這或許由於詩人大都抱着以幸福為基調的人生觀之故。抱有這種明朗的人生觀，認為人生充滿着幸福的思想的詩人，最能寫出輕快風格的作品，代表這種作風的大家固然是蘇東坡。不過，小川環樹尤其推崇南宋詩人楊萬里（一一二四至一二〇六）！他的詩作，其中一首有句：「風亦恐吾愁路遠，殷勤隔雨送鐘聲。」這兩句見《誠齋集．卷三．與彥通叔祖約遊雲水寺》。事緣詩人與叔祖一道兒出遊，但目的地卻想不到有那麼遠，稍可鼓勵疲累之中的自己的，是從小雨另一邊傳過來響着的鐘聲，那是有情的風吹送過來的。詩中所說的殷勤，是誠懇、周到的意思。

此外，另一首〈舟遇謝潭〉三首之三有句云：「好山萬皺無人見，卻被斜陽拈出來」。小川環樹析之曰：這是乘船旅行中之作。意思是說：歷數不盡的美麗山脈卻沒有人看見，幸虧在陽光斜照之下都給顯現出來，讓吾人得以細細地欣賞。「拈出」就是特別拿出來顯示給人看的意思，在這裏，即是全賴斜陽的意思。

楊萬里的詩較東坡多一層輕快、幽默：讀其詩，確令人感到大自然總是對人類抱有善意的那種心情。

天地有情，人間有愛。

生命短如一卷影片，為何不珍惜每一天？斜陽餘暉尚且有其光輝作用，我們又豈何輕言衰老！

原刊《地平線月刊》總第八十四期，二〇〇四年十一月

隨便讀，隨意寫

一

火車輕輕震動也會惹起興奮的慾念；輪船上沒人把守的睡房象徵方便之門。甚至現代旅遊業廣告那句「在加勒比海郵船上追求浪漫」（Find Romance on a Caribbean Cruise）的「浪漫」一詞，也可能是「性交」的雅語（genteelism）。

以上是董橋〈旅行叢話〉的幾句，我最近晚上臨睡前，又把董先生的《小品卷一》及《小品卷二》再看一遍，依然深感趣味盎然，像董先生那樣儒雅的學者、文人，散文寫得綿密精深，學養精湛，常有令人意想不到的機鋒。而我，看到董先生妙趣雋永的一面，那就是直抒胸臆的「真率」。〈旅行叢話〉見《小品卷二》；至於《小品卷一》也有一篇〈不穿奶罩的詩人〉，單看篇名，叫人浮想翩翩！原來那是一本詩集的集名。董先生說他喜歡這個集名：「我喜歡封面上那幅女詩人不穿奶罩穿背心的側影。」整個封面的底色是黑色。詩人有一頭金髮。詩人的手臂上有幾點雀斑。詩人把這本詩集獻給她的祖母。這本詩集只集了三十五首詩。每一首詩都不長。

「我只是一個女人。我覺得寂寞。」這是一個多麼庸俗的意念，可是她說出來了。這是董先生的感覺。「庸俗的意念」出自一位「不穿奶罩的女詩人」，很撩人思緒，也很惹人遐思。我讀過一些道岸貌然的詩和散文，總是沒有作者想予人的那份熱情與純真，要言之，就是筆下不敢「盡訴心中情」，欲說又休，一直壓抑着真實的愛火慾望。違反「食色性也」的人性，寫出來的詩和散文，一字記之曰：假！

《穿過大半個中國去睡你》的腦癱女詩人余秀華，二〇二四年四月出版詩集《後山開花》，「後山」兩字取自她〈或許不是不關於愛情的〉一詩中的「走吧，我們去後山大幹一場，把一個春天的花朵都羞掉。」多麼狂野、富想像力又令人驚豔的詩句！比起那「若得山花插滿頭，莫問奴歸處」更震撼人心！對於那些男作家，邂逅初戀情人，或在異鄉碰到心儀的戀人，最後只能默默望着她的倩影遠去，自己默默流下男兒淚的，我倒「一個也不同情」！這麼窩囊，談什麼情說什麼愛，我勸他早些剃頭上山做和尚去，說不定還可以「悟」出禪語！當什麼作家！

二

我寫作非常勤快，根本不需要什麼鼓勵的說話，譬如「努力些，多寫點」！賣文為生大半生，或許就快過一生，依然每天固定寫不停！前輩讀書多，見識廣，卻依然謙稱「不是寫東西的材料」，寫一篇千字文，總要放在書櫃裏，有空就拿出來讀一讀、改一改。如是者，一篇文來來回回的修之改之讀之，如切如磋如琢如磨。通常沒有一頭半個月，甚至乎一年半載，不會輕易發表見報！

我在報上賣文，多寫多得，手停口停，若然如此「慢工出細活」，早就「餓死老婆仔女瘟臭屋！」如今報紙已是夕陽行業，年輕一輩已完全沒有買報紙的習慣，而報紙的副刊亦大不如前的多如繁星；如今仍保留的副刊，多是約稿，能給外人投稿的幾乎絕跡，我見到的就只有《明報》留一角四百字的「自由談」。我投稿的七、八十年代，真係「繁花」盛開，即使學生年代，投稿「學生園地」，幾張報紙如《星島日報》、《星島晚報》、《新晚報》、《新報》、《香港時報》、《學生樂園》、《中國學生周報》等，每篇十元八塊，山大斬埋有柴，也可以有七、八十元稿費。對於一個學生哥，已足夠請女書友大牌檔食牛雜麵、魚蛋粉和拖着女同學的手仔看公餘場了。當年，就如此這般過着快樂的讀書生涯！會考成績一塌糊塗，我對青春無悔。

看臉書上的朋友莊元生寫他最近出版新書《消失的地圖》，他說與中學舊同學飯聚送書，老同學問：「是否最後一本書？」莊元生說他決定不再出書，原因是書賣得愈來愈差，他指其上一本書《我讀書時書讀我》，經其手賣出的一隻手數晒，即是不夠五本。公屋家居積存太多書，家人多有怨言，是時候要「斬纜」，說得何其悲壯！

莊元生出過七本書，據他說，有三本香港公共圖書館有，有四本就沒有，令他感到意興闌珊。他說：散文、新詩已出書，如今《消失的地圖》出版，小說都有了結集，總算了卻心願，見好就收，所以決定以後不再出書。我「味」出一個出書人的無奈，皆因自己也是過來人。在香港，有香港藝術發展局審批和資助，能夠出七本書確實已是一種成就，絕不簡單。我自己不算努力，全憑朋友厚愛，幫我申請打點，竟然也出了五本書！出版社也只是送我一百幾十本書當作「稿酬」，較近期的這些書還是有很多堆在野村書房。我不輕易送人，並非「敝帚自珍」，倒是仍在教書時，送了一本給教語文的阿 Sir。那本書，在放暑假前一日，見到已隨他清理的試題及一堆舊教科書丟在垃圾桶，內頁掀開，龍飛鳳舞有「施友朋敬贈」幾隻字，我有點「無面」的感覺！哥，要丟也把那書面及題贈的一頁撕去，令我不至於「咁啱得咁轎」看到，以至如斯難堪，比給女友「掟煲」怒說「我們分手吧」更難過！從此我患上「送書給他人創傷後遺症」，出版的書，不大好意思再題簽送人，即使是好朋友。經過很長一段時間，仍然「書如青山常亂疊」，一屋的書也積滿了灰塵，說不定什麼時候爬出幾隻蠹蟲出來贈興！

不過，我不會如莊元生般的「見好就收」，反正有朋友錯愛，還肯為我打點填藝展局那些非常繁複的申請表格，與書成後出版的各項成本計算，我還是不吝嗇在表格上簽名，也不介意花點精力校對。出書只圖個紀念，寫字就為稻粱謀，不必太計較，更不必太傷感！我誠心希望能讀到莊元生的第八本書！

三

讀內地雜誌，看到「找個搭子」這四個字，原來是「原子化時代的新社交關係」。找個搭子，就是和趣味相投之人結成最小單位的共同體。「搭子」並非新興熱詞，二〇〇七年出版的《上海話大詞典》對「搭子」的解釋是：對某件事有共同興趣的人，引申為合伙者。編輯說，搭子與同事、同學、親友、戀人等人際關係不同，它的核心在於關係的臨時性和膚淺性。因此搭子也被認為是當代社會一種新塑的垂直領域社交關係，以年輕人為主，也有不少中老年人加入進來，主打的是一個共同行為的陪伴。

《三國演義》第一回開頭就說：話說天下大勢分久必合，合久必分。此話當真？看看當今世局，單是中、日、韓三國，時隔四年半，三國領導人再度聚首，今年五月二十六日至二十七日一連兩日在南韓首爾舉行會談。規劃以雙邊會見開場，中國國務院總理李強、日本首相岸田文雄及南韓總統尹錫悅捉對會商，會後將發表聯合聲明。然而，青山依舊在，幾度夕陽紅。上一次舉行峰會是二〇一九年底，時任國務院總理李克強（已故）、南韓總統文在寅、日本首相安倍晉三（已故）於四川成都發表《中日韓合作未來十年展望》。時至今日，所謂「展望」，已令人有「不堪回首」之感！也不過四年左右，三國關係變得人面全非，滿懷蕭瑟。

這「合久必分，分久必合」正正說好一個事實：沒有永恆的利益，就沒有永遠的搭子。

是以深明「找個搭子」實在難。有時自己付出太多，換來冷然相對，所謂「彼此存信任，處事有默契。可以同生死，共患難；無爭吵之亂耳，無猜嫉之勞形」，現實中也許有，可是我未之遇也；一如孔子感嘆：吾未見好德如好色者！

當你還有點「利益」可資運用，也許甜言蜜語仍然好似「太陽咁溫暖」，一旦被揸乾揸淨，再沒有利用價值，那就面目可憎，好似「隔夜油炸鬼」，一身都軟趴趴，用起重機也吊不起來！最近夜間重看電視長劇《笑看風雲》，劇情去到許紹雄在內地東莞做廠而「包二奶」，二奶次次餵其「淮山燉雞」而飲到他渾渾噩噩，「老牛吃嫩草」就是過癮！可一旦「老宅失火」，燒起來，熊熊烈燄，有時是真要命！現實有城中熱話「迷魂湯」，因湯定情，飲到何伯飄飄然有一晚五次之雄風！老朽倒想起幾句話：生活不可能像你想像得那麼好，但也不會像你想像得那麼糟，人的脆弱和堅強都超乎自己的想像。

我年紀愈大，舉止行為難免異常（未至於失常），譬如偶而看到一段視頻，說一段好人好事，或一隻忠狗義犬如何為主人而犧牲，明知其不會那麼簡單或者剪輯而成，竟也脆弱得好似遇到知音，甚至乎控制不住內心激動而淚流披面。有時，也發現自己面對不容易的生活，卻又堅持咬着牙，驀然回首，發覺自己原來已走了很長的一段長路！馬爾克斯（或譯馬奎斯）在《百年孤寂》中說，人生的本質，就是一個人活着，不要對別人心存太多期待。

你的悲喜，與他人何相關？或許成年人的孤獨，就是悲喜自渡。

找個搭子，還是免了！再老些，找部易操控的電動輪椅，似乎更實際些。

稿於二〇二四年六月八日　野村

原刊《香港文學》總第四七七期，二〇二四年九月

庶民談吃

我也說茶

臉書的朋友朱少璋兄常鋪出他泡的老茶，譬如五十年代壽眉、藍鐵、三票孫義順。其中一九八三年老岩茶沒有拍照，他說「滋味仍在心中」。我凝視那三個細瓷小碗和旁邊的茶葉和茶餅，但覺茶色深淺自有層次不同，總之，應該就是好茶！啜飲幾口：雪澡精神必矣，要是讓老朽也喝它過杯底朝天，任斑白鬚髯沾滿茶香，肯定過癮之至！賈平凹說：茶滌靈魂，並擬作對聯二。

其一：「雪澡冷梅開花暖，茶滌忙人偷清閒。」；其二（修改古書上兩句戲言）：「坐，請坐，請上坐；吃，吃茶，吃好茶。」吟哦一遍，神為之奪！

注重生活藝術的林語堂認為，煙酒茶的適當享受，只能在空閒、友誼和樂於招待之中發展出來，並指出因為茶須靜品，而酒則須熱鬧。中國的生活藝術家最注意此點，例如看花需和某種人為伴，賞景需有某種女子作伴，聽雨最好需在夏日山中寺院內躺在竹榻上。要言之，賞玩一樣東西，主要的是心境和氣氛。當然，像《茶疏》所列出的好幾十「規例」，依我看，盡多吹毛求疵，純屬「多鬼餘」！

生活總要有點動力和情趣。想朱少璋兄寫好一篇妙文或編好一本好書，必泡一杯好茶吃之，從中獲得精神之滿足，和敬清寂，也許別有一番真趣，「不如仙山一啜好，冷然便欲乘風飛」！其後，又看了他發表的〈水智茶深——談「穆如茶學」的重點〉，又為老朽上了一「茶課」。文章主要介紹有位「楊智深，字穆如，福建晉江人，生於香港，中文大學中文系畢業，一九八六年在香港法住文化學院創辦中國茶文化課程，是香港推廣茶文化的重要先驅。二〇一〇年在北京先後成立『穆如茶室』及『穆如茶制』，致力承傳、發揚、推廣傳統功夫茶及生活美學。多年來在內地、香港、台灣、星馬等地籌劃並主講茶學專門課程及講座，積極培訓高校專業人才，提升品茶文化。先生於二〇二二年六月猝逝，一時杯冷茶涼，好茶人士莫不悵然。」讀之悵然若有所失，香港培養的人才，竟有為茶學貢獻一生，真是令人肅然起敬。忝為同鄉，我竟然一無所知，實在慚愧。上世紀八十年代老朽要不是為口腹奔馳，而能修讀其中國茶文化課程，相信對品茶，不至一無所知，貽笑大方。

我不煙不酒。煙酒不沾，並不是想標榜係「好漢子」或「好男兒」，只因母親生前說過，「你爺爺、你爸都煙酒不沾，你長大了也不要沾上這不良習慣！」家母乃農村婦女，純樸善良，竟在我十二歲時因鼻咽癌撒手人寰！自此她的話便深植我腦海。其實，我不善飲，一小杯啤酒都面紅如關公，且不勝酒力，幾口就𢤦𢤦想睡！男人老狗，當然並非怕「失身」，而係怕醉了，一天要幹的活如在報上寫的專欄會脱稿！生活從來不易也。至於抽煙，記得當年看張徹拍的《死角》，時維一九六九年，狄龍、姜大衛、李菁主演，是狄龍第一部時裝劇，少年的我，看狄龍在街上點燃兩枝香煙叼在嘴角，一臉反叛，覺得十分「有型」，於是又去買了包萬寶路，也點了兩枝叼在嘴角，嗆得一直咳嗽不停，淚水也飆出來！忽然腦海又閃起母親生前的話，還是狠狠的把那包香煙丟入垃圾桶！可見倪匡生前說的「好的孩子教不壞」有點道理。

之不過，老天爺有意懲罰我！八十年代我在《明報》兼職，夜班做校對，日間教私校，是一間女子中學，叫靜宜。當年未禁煙，在我左右、對面的校對同事全都抽煙，有個姓鄭的肥佬，手中煙從不熄滅，一枝駁一枝，如是者我間接吸了好幾年二手煙，其後總編輯董橋把我調去做編輯，印象中是接替張君默編的「明知」版，當年他辭了職！上天憐憫，吸了幾年二手煙，醫學證明吸二手煙比直接吞雲吐霧更易惹上肺癌，老朽這把年紀肺還好，touchwood，真要感恩上帝！

既然煙酒與我無緣，我唯一嗜好就係喝茶！當然，像我這樣一個老粗，喝的都是粗茶，更多時候，工作賊忙，更多是沖茶包，嫌其不夠濃，經常打孖兩包一起泡！北方人有句俗話：早茶、晚酒、飯後煙，快樂似神仙！我只能早茶或午茶，喝的也不是什麼名茶，不煙不酒，尤其不酒，少了可以「亂性」的機會和藉口，恐怕更快樂不起來，遑論似神仙！母親生前的話，深夜思之，又似害了我！「七十而從心所欲，不逾矩」，大哥，你以為我想的嗎？我對青春有悔。

時光易逝，青春難延。年紀大，機器壞！「三高」瓣瓣齊，早、午、晚要服好幾種藥，又降血壓又遏糖尿又防肝脂肪！昔日的追風少年，今淪為手騰腳震之衰翁，能不仰天長嘯乎？服藥前後又不宜喝茶，只宜白開水！有時心癮來，想學朱少璋兄泡杯白茶，讓醇厚微澀，香留舌尖也不可得，思之不禁悵然！梁啟超說：少年如俠，老年如僧！可惜老朽六根未淨，滾滾紅塵，即使一襲袈裟，一串唸珠，一雙芒鞋，總有那揮不去的一抹哀愁！飄飄何所似，天地一老人！

原刊《香港文學》第四五五期，二〇二二年十一月一日

食譜隨想

（一）

廖炳惠教授於《吃的後現代》指出：如今，全球有將近三億人口離開自己的家園。這些人對於全球化的食譜交換，以及食譜所導致的身體、生活習慣、意識形態、品味，甚至與食物、生態及用餐禮儀相關的身體氣味、散熱方式、衛生習慣、種族主義、政治、文化和經濟的發展，都有深切的影響。

我認同烹調如同藝術創作，都是對世上事物眷愛珍惜的一種方式。有學者尚且認為中國人對於飲食的高度講究，顯現出中國人的宇宙觀與生命觀傾向於正面肯定的態度，故積極入世享樂。

最近看蘇偉貞編選的《張愛玲的世界續編》，裏附「張愛玲送給友人愛麗絲的食譜」，計有：茄汁魚球，香酥鴨，醬豬肉、肉鬆、栗蓉脆皮鴨、咕嚕肉、辣子雞丁、鳳足冬菇湯、核桃雞丁、貴妃雞、燻魚、鍋巴蝦仁、紅燒豁水（豁水，指青魚）、咖哩牛白腩、蝦仁吐司（吐司即多士）、五香肉絲、棒棒雞、炒魷魚合共十八道菜，烹調的方法寫得精簡扼要，有多少入廚經驗的，依樣葫蘆，必有可奉客的小菜。

張愛玲寫過一篇〈談吃與畫餅充飢〉，洋洋灑灑逾萬言，暢談中西飲食文化的妙諦，其中有一則軼事，張說：「我在中學宿舍裏吃過榨菜鵝蛋花湯，因為鵝蛋大，比較便宜。彷彿有點腥氣，連榨菜的辣都掩蓋不住。在大學宿舍裏又吃過一次蛋粉製的炒蛋，有點像棉絮似的鬆散，而又有點粘搭搭的滯重，此外也並沒有異味。最近讀喬·索倫梯諾（Sorrentino）的自傳，是個紐約貧民區的不良少年改悔讀書，後來做了法官。他在獄中食堂裏吃蛋粉炒蛋，無法下咽，獄卒逼他吃，他嘔吐被毆打。我覺得這精壯小伙子也未免太脾胃薄弱了。我就算是嘴刁了，八九歲有一次吃雞湯，說『有藥味，怪味道』。家裏人都說沒什麼。我母親不放心，叫人去問廚子一聲。廚子說這隻雞是兩三天前買來養在院子裏，看牠垂頭喪氣的彷彿有病，給牠吃了『二天油』，像萬金油、玉樹油一類的油膏。我母親沒說什麼。我把臉埋在飯碗裏扒飯，得意飄飄欲仙，是有生以來最大的光榮。」

你看，小張愛玲九歲已有「食神」的本領，味覺比一般大人犀利，這實在已具食家的條件。我有個教師朋友馮綺梅，此女子愛吃，也熱心為朋友組局去嘗鮮，可是她天生味覺、嗅覺都差勁，明明餿了的湯羹她也大叫：正啊！好味！我戲謔之：總言之，屎唔臭你都話冇得頂！她呱呱大喊：世上有逐臭之夫，難道就容不得逐臭之婦耶？

說得倒理曲氣壯，俗話說：「人是鐵、飯是鋼，一頓不吃餓得慌。」對食物要求不高，肯定是個開心快活人。

（按：上天不仁，馮綺梅已因癌症辭世。）

（二）

有人說從吃到睡，從練氣功到種橘子，若說蘇東坡是個文學家，毋寧說他是個生活家。無論日子多麼不順遂、不如意，蘇東坡都能苦中作樂。

從林語堂著的《蘇東坡傳》，去考究蘇東坡食譜裏的東坡肉、東坡魚、用醬油文火煮五花肉；或用白菜、橘皮煮魚，看來都只像他被四處流放時，因為想家而做的家鄉（四川）菜改版。

儘管蘇東坡的食譜平淡無奇，可是，凡他沾過的東西，一張紙、一個硯台，甚至他的帽子形式（子瞻帽）都能名留千古……蘇東坡已是一個品牌！

那天，與徐行、古劍、廖漢榮到旺角一飯店吃飯，我點了個「東坡肉」，眾皆認為肉香撲鼻、入口鬆化。可是，夜間正伏案寫稿，徐行來電大叫：媽的，飯後渴死人，已豪飲三公升熱茶仍舌乾唇燥，閣下可有同感？

我笑曰：上趟幾乎要屙尿止渴，今趟又豈能倖免！

於是商議以後不再去光顧那店；徐行怕肥，如今早睡早起，若行山完畢，路過菜市場，不妨自己烹製「東坡魚」，據林語堂的描述，材料如下：

鯉魚或其他魚一條、大白菜少許、青蔥少許、生薑數片，橘皮切絲。

做法：一、魚先抹上鹽，肚裏塞上大白菜葉；二、熱油鍋，將魚與蔥段一起煎至半熟，加入生薑片，澆上醬油與酒煮至熟；三、起鍋前，將切橘皮撒在魚上，盛盤上桌。

徐行老兄如沒有信心，或可到寒舍談詩論「三及第粗口小說」，屆時由老夫充當大廚如何？相信必定沒有味精效應，一壺好茶，足以口舌生津談笑風生矣！

原刊《作家》第二十五期，二〇〇四年七月

好男人・壞男人與新聞的聯想

一、常在河邊走，哪有不濕鞋？

看新聞，令人浮想翩翩。今古許多傳說、故事，加上現今社會發生的人間事，思之，令人莞爾。

古人柳下惠坐懷不亂。《辭源》釋文為：傳說春秋時魯國柳下惠夜宿郭門，遇到一個沒有住處的女子，怕她受凍，抱住她，用衣裹住，坐了一夜，沒有發生非禮行為。口痕友就話：如果你是柳下惠，自己抱了一個姑娘一晚上啥也沒發生，你自己好意思出去四處宣揚嗎？這故事年代久遠，反正世上或真有「不會乘人之危」的正人君子。

嗱！經常光顧無牌按摩店，如果說都不涉及性服務，換言之，即係純按摩，反正我就不信了！老朽曾是個浪蕩少年，及壯，難免也「犯了全天下男人都會犯的錯」，男人好色，不一定「有錢就變壞」，沒錢，也可「窮風流」。孔子也說他「吾未見好德如好色者也」，可見男人好色，古今一也。至於「好色而不淫」，應該有一定程度的修行了！有「定力」的男人，相信必是「善養浩然之氣」的男人，才能夠「存天理去人欲」。如今，對有如柳下惠般定力的人，除了佩服他「出污泥而不染」，別無其他。只是常在河邊走，哪有不濕鞋？常去炸雞店，只是食薯條？就當笑談吧！人類感情很複雜，又很難控制，此所以吾人看法庭新聞，涉及「桃色」的，經常令人「眼界大開」，超出想像：哈哈哈，咁都得？之所以現實往往比小說更離奇！不是有椿「妻子協助丈夫強姦菲傭」的新聞嗎？當真顛覆吾人的「三觀」（一般指世界觀、人生觀、價值觀）。新聞有多少是真多少是假？局外人恐怕難以知道得清楚；只是內心難免納悶：現實生活，竟會有如此混帳的下流事？作為讀者，不必過於認真，反正茶餘飯後，豐富了人生窺秘的八卦話題，笑過便算！

呢！已故武俠小說名家古龍，他有篇散文〈不是刀鋒〉，頗能道出感情另一種層次。有一天，天氣陰寒如刀鋒，下午就跟幾個朋友開始喝酒，幾杯下肚，幾個人心裏都有點抑鬱，所以忽然談起人生來，這一類的話題，總是會讓人多喝幾杯酒的，所以我忽然詩興大發，就以「風光」為題，作了一首：

王孫公子裘馬輕，馬後僕從眾如雲。
鞍旁一壺花雕酒，行前轎中是美人。

我說：「這是何等風光的事，風光又何等綺麗。」大家都同意。

只可惜風光並不一定是快樂。

別人看他風光快活。也許他心裏正有心結千個，悶得想上吊。

別人看他轎中的美人冰肌玉骨，風華絕代，也許他心裏牽腸掛肚的，卻是另外一個平凡的女孩。

都說「老婆是人家的好，文章是自己的妙」，這倒有點道理。

馬奎斯《百年孤寂》有名言，「生活中，真正重要的不是你遇到了什麼，而是你記住了什麼，以及你如何銘記的。」

男人，生命中如果不幸遇到一個「河東獅吼」的惡婆，一生人難免會有「婚後創傷後遺症」，而到他雙眼一闔，兩腳一伸，最記掛的必是初戀情人！

二、拴兩個死耗子就冒充老獵人

午飯後無聊。隨便抽出馮唐的《如何成為一個怪物》，隨意翻到〈人力和天命〉一章。有一段記：

我和我現任老婆說，在美國唸完書了，我要回國，美國沒有麻將打，沒有正經的辣子吃。我老婆說，好啊，聽說北京和上海，好看姑娘太多，先結婚再回去吧。我說，好啊，但是我可是有個複雜的過去。

我老婆說，別腰裏拴兩個死耗子就冒充老獵人。

我說，好啊。於是我們就去市政廳領結婚執照，去律師樓請一個容貌猥褻的律師主持結婚登記。

全過程中，我的腦子清澄寧靜，沒有任何思考，沒有任何規劃，就是覺得這是一件無可爭議的應該做的事兒，過了下午一點，我的肚子也沒有餓。

文章其實還沒有完。不過，我覺得這篇雜文，抽出這一小段，看來又可以是個「小小說」。最儆醒人心的是，在愛情道路上，男人自認身經百戰，戰績彪炳，獵女無數。女人一句：別腰裏拴兩個死耗子就冒充老獵人。這話，潛意識可以是「老娘過去的情史，可比你強得多，收兵無數根本難以一一去數清楚！」

事實上，兩性關係，男人經常是弱者卻愛自吹自擂！這就難怪，無論男人出軌還是女人出軌，勇於提出分手或離婚的，通常都是女人！在兩性關係上，男人總愛拖泥帶水，女人倒撇脱可喜。

讀報，看港聞，有調查發現近半男性遇家暴啞忍。「和諧之家」於二〇一九年展開為期三年的協助計劃，並委託港大研究團隊進行跟進研究。該機構在二〇二一年六月至今年三月期間訪問了五十八名參加男士，發現65.5%個案人士擁有大學或以上學歷，但當中近20%受害人同時受到精神、身體傷害，及涉被迫進行性行為，超過60%個案的事主均指對伴侶身邊人感到害怕。至於事主從事的行業，有消防員、紀律部隊人員及教師等。研究團隊認為，社會應改變傳統的性別定型觀念，以免男性受害者選擇啞忍。

當男人有一天幡然醒悟：英雄有淚不輕彈，只是一種假象！男人，有幾多是

「英雄」呢？逞什麼強？有淚，就流吧！有委屈，就同老友傾訴吧！不一定要到傷心處，眼淚才往肚裏流！

否則，「啞忍」至抑壓過度，分分鐘成魔而鑄成大錯！

男人，有淚輕彈並非弱者！肯哭敢哭的何嘗就不是天地男兒？我告訴吾女：懂流淚敢於人前灑淚的男人壞不到哪裏！可以考慮成為終身伴侶！

原刊《城市文藝》總第一二〇期，二〇二二年十月二十日

夏日飲食雜記

（一）夏令三寶

黃寶蓮的飲食文章寫得漂亮，她寫豆腐，有這麼神來的一段：

有些食物很難喜歡，有些食物讓人無法忘情，豆腐想必是君子最愛，我若吃不到豆腐就魂牽夢縈，豆腐又是那麼清白淡雅，如果不靜心不專情，吃不進去豆腐的內在，像一些氣質超凡的女子，不是一眼可以發現她的蘊涵，而是日漸生情，不知不覺，發現的時候已經不可自拔，往後便難分難捨不離不棄。吃到香滑美妙的豆腐，常使人有種驚喜；人的一生，若有一份感情如豆腐，愈久愈純粹，那確值得慶幸。吃盡天下美味的黃寶蓮，對英國作家、劇作家普力斯特利（J. B. Priestly, 1894-1984）這幾句話特別有 Feel：我們規劃人生，吃喝拉撒，我們受苦受難所為何來？受眾人仰望崇拜？舞台上的赫赫聲名？一個亞州帝國？一趟月球之旅？不！不！不！不！我所要的僅只是在早晨醒來，適時聞到咖啡、醃肉與雞蛋香！人生，想深一層並不複雜。夏日飲食，亦以簡單為妙。徐珂編著的《滿漢通吃》，有一道適合暑熱天胃口滯悶時享用：西瓜蒸雞——於瓜頂切一片，去瓤，乃入切成整塊之嫩雞、蘑菇、水、鹽各物於中，或用雞湯及燉熟之雞肉、火腿亦可，如是則蒸半小時足矣，蓋上瓜片，將瓜盛於大碗，隔水蒸三小時，取出，去皮食之。

甘健成於《鏞樓甘饌錄》介紹之仲夏時令——瓜皮蝦亦佳：瓜皮蝦之「瓜」實西瓜之皮，「皮」則為海蜇皮，「蝦」為蝦米，須採大乾蝦，而非蒸水蛋之小蝦米。三者之比例為一：四：一。此外，備鹽、糖、醋、紅椒絲及芝麻各少許。製法：將乾蝦米用水浸軟並去腸；西瓜皮則剛去表皮及切淨紅色部分切成條狀，用鹽醃、沖淨曬乾水。海蜇切成條狀，以潔布吸乾水。諸事備妥，便可起鑊用油爆香蝦乾，取出與瓜皮、海蜇及所有調味料拌勻醃兩小時，便成可口開胃夏令餐前小食。

豆腐、西瓜蒸雞、瓜皮蝦，允稱夏令三寶。

(二)湯麵

讀曲學大家吳梅得意門生盧前(一九〇五至一九五一)的《盧前筆記雜鈔》(中

華書局），內有一則關於湯麵的，頗可一談：

習慣：人家有喜壽事要下麵吃，尤其是在生日。有人就問這風俗是從什麼時候起的？為着這一問，翻了一些書，才知道這湯麵舊名「水引麵」，是始於南齊時《南齊書》上說：「太祖好水引麵。」

原來湯麵也就是湯餅，由湯餅才改稱為長壽麵，宋馬永卿《懶真子》有「湯餅即今之長壽麵」的話。《山家清供》記嫩筍、小蕈、枸杞、菜油炒作羹，趙竹溪酷嗜此，或作湯餅以奉親，名三脱麵。

麵的名稱，說起來花樣繁多。火麻一名荒麵，即現在的陽春麵。揚州有「小麵煨」和「一切浮文免」的麵，這「一切浮文免」多半是拌麵，與陽春有別。蘇滬一帶將澆頭另碗盛裝，又叫做過橋麵。像關中將菠菜揉入麵裏，拉成麵條叫做翠玉麵，又好看，又好吃，南方人就不大會做了。

麵條的起源，大約早於魏。東漢劉熙《釋名．餅》中已提及蒸餅、湯餅、蝎餅、髓餅、金餅、索餅等餅類，按劉熙「隨形而命之」的說法，「索餅」有可能是在「湯餅」基礎上發展成的早期麵條；若然，東漢時已有之。

我從朱偉編的《考吃》得知，生日吃麵之俗，似始於《唐書．王皇后》；阿忠脱紫半臂，易斗麵為生日湯餅耶。這位阿忠脱衣換斗麵，頗有李白「五花馬，千金裘，呼兒將出換美酒」的豪情。生日為何一定要吃湯餅呢？

唐時，凡生男嬰，就要舉行湯餅宴賀弄璋之喜的習俗。劉禹錫詩〈贈進士張盥〉：憶爾懸孤日，余為座上賓。舉箸食湯餅，祝辭添麒麟。重男輕女之情，溢於言表。蘇東坡有〈賀人生子〉詩，句云：甚欲去為湯餅客，卻愁錯寫弄璋出。何以唐朝，時人興當「湯餅客」？宋人馬永卿於《懶真子》中認為「必食湯餅者，則世所謂『長命』麵也。」

麵條，唐時已成了祝福新生男嬰長命百歲的象徵，一直留存至今。

夏日暑熱，不是生日，亦大可來個鴨腿湯麵。鴨腿油炸過，不膩，湯裏有冬瓜陳皮的香味，醒胃之至。太興燒臘午市有鴨腿湯飯，味道不錯，詢之可否改麵，答曰：不可！功夫其實不麻煩，店家卻不肯予客人方便，費解。

（三）京都的湯豆腐

特級校對（陳夢因）原著《食經》、江獻珠撰譜的《傳統粵菜精華錄》，介紹了一味「太史豆腐」，做法：首先將兩隻雞宰淨，起骨，拍爛雞肉，以碗盛之，加進一碗開水，放在蒸器，隔水蒸熟後，去雞肉，留汁備用。其次，用鹽水浸過豆腐膶，放在油鑊，炸之至微黃後備用。最後，起紅鑊，煮滚雞汁，加進豆腐膶及鹽後，用最慢的火候熬之，待豆腐吸夠了雞汁的鮮味即成。

江女士把「太史豆腐」再改良，她覺得光是用雞肉加水蒸出來的雞汁去煨，味道未夠濃，於是加了火腿去蒸雞汁。濾去肉糜後，雞汁在色香味方面都勝一籌；要使豆腐更入味，並用利刀遍割小方格，深度只及豆腐厚度約三分之一，如此雞汁便可滲進去。

我總覺得如此吃豆腐，未免矯枉過正；我喜歡鄧雲鄉介紹的小葱拌豆腐——一青二白！翠綠的小葱，雪白的豆腐，加點鹹鹽，滴兩滴小磨香油，筷子一拌，自成佳餚；在外吃飯，我頂多要個豉汁帶子蒸豆腐，夠惹味矣！

不久前讀過一篇美文，描述在京都吃湯豆腐庭園景色典雅清幽，客人不多；侍者送來的湯豆腐盛在一隻方型的木盒之中，一片墨綠色的昆布似錦鯉擺尾，游在雪白的豆腐間，映着竹製燈籠的點點光影，像寫在水上的詩。

作者感嘆：京都三大名物——京女、寺廟神社、佳茂川水，皆拜潔淨冰涼的地下水所賜；能坐在池泉回游的庭園中，聽松風，看美女，吃豆腐湯，不亦快哉！

快樂，有時不需要什麼大道理。湯豆腐，吃的是意境，是一種繁華落盡的淡泊、反璞歸真的清歡。

何必魚與肉，豆腐味自佳！今餐，還是來個小葱拌豆腐！

原刊《地平線月刊》總第一一六期，二〇〇七年七月

粥報平安　香軟知情深

傅月庵追憶他還沒上小學便要煮粥的往事，忒感人。他說：天才濛濛亮，便睡眼惺忪地隨母親將家中烘爐提到庭院裏，以紙引火，以火燃柴，接着加入一塊、兩塊……焦煤。接着放上鋁鍋，注滿半鍋水，母親便將昨晚吃剩的飯放入鍋內，杓拌均勻，蓋上鍋子。接下便是他的工作——拿着竹篾編成的扇子，對着爐口不停搧搖，十多分鐘之後，水沸聲響，「潑嘍潑嘍……」。其母走過來，打開鍋蓋，拿起杓子再度攪拌已變白的粥湯，並要他別再搧了，說火太大，會焦的，要顧好喔。於是，幼小的傅月庵靜靜在旁觀看着小火慢熬的一鍋粥。此時，天已大亮，明柔的朝陽照在微微震啟的鍋蓋之上，一股糜香不時溢湧發散出來……

艱苦歲月，一飯一粥，當思來之不易。有這樣童年煮粥經驗的小孩，敢信他一生不會浪費食物且凡事懂得感恩。

同樣是吃粥，梁實秋（一九〇一至一九八七）便吃得有「氣派」得多，他於〈雅舍談吃〉說他不愛吃粥，緣於小時一生病就被迫喝粥。不過，也有例外：我母親若是親自熬一小薄銚兒的粥，分半碗給我吃，我甘之如飴。薄銚（音吊）兒即是有柄有蓋的小沙鍋，最多能煮兩小碗粥，在小白爐子的火口邊上煮。不用剩飯煮，用生米淘淨慢煨。水一次加足，不半途添水。始終不加攪和，任它翻滾。這樣煮出來的粥，黏和爛，而顆顆米粒是完整的為香。再佐以筍尖火腿糟豆腐之類，其味甚佳。

兩篇記憶吃粥的文章，不期然均提到「母親」的象徵，傅月庵認為將「粥」與「母親」聯繫起來，有其文化上的意義。東方人凡事愛分陰陽，粥無疑是屬於陰、柔、母性這一邊的。筆者二、三歲時在鄉下，家裏窮，記憶中常吃稀粥，粥裏總羼有紅薯，祖父經常把吃至最底層的紅薯粥留下餵我，說是夠「綿稠」及易人口，我曾把這溫馨的事實寫在作文裏，小六的國文老師竟用硃砂筆批曰：是否祖母？可見這粥與陽性絕緣，倒是橘子因朱自清的〈背影〉而有了父慈子孝的顏色。

年紀愈大愈愛吃粥，無他，清淡、易消化也。佛家所云粥有十利，道盡老人愛吃粥的道理：資色、增力、益壽、安樂、辭清、辯說、消宿食、除風、除饑、消渴。宋．費衮《梁溪漫志》，有一篇〈張文潛粥記〉，可謂進一步道出吃粥的妙處：張安道每晨起，食粥一大碗，空腹胃虛，穀氣便作，所補不細。又極柔膩，與臟腑相得，最為飲食之良。妙齊和尚說，山中僧將旦，一粥甚繫利害，如或不食，則終日覺臟腑燥渴。蓋能暢胃氣，生津液也。今勸人每日食粥，以為養生之要，必大笑。大抵養性命，求安樂，亦無深遠難知之事，正在寢食之間耳。陸游則以〈食粥詩〉概括其旨要：世人個個學長年，不悟長年在眼前，我得宛丘平易法，只將食粥致神仙。

此外，蘇東坡除了愛吃豬肉，更愛吃粥。他於〈大風留金山兩日〉有句：潛山道人獨何事？半夜不眠聽粥鼓。所謂「粥鼓」——即寺廟清晨傳膳的擊鼓聲。他另一首求粥的詩，寫得落拓不羈：老我此身無着處，賣書來問東家住。臥聽雞鳴粥熟時，蓬頭曳杖君家去。飽受貶謫之人，身處逆境仍有此浪漫情懷，難怪寫出如此豪邁瀟灑千古絕唱的〈前後赤壁賦〉。

如今天寒，吃粥更能暖肚。不過，正如闞平所嘆：每次在外邊食肆吃粥都不滿意。首先是粥底不合格，不是太稠便是太稀，太稠變了嬰兒吃的稀飯，太稀變了湯水，都不符合吃粥之道。對我而言，最要命的是多數賣粥的，連白粥亦加味精，這粥，不但生不了津，且叫人乾涸難受！關平所指出的，正是袁枚《隨園食單》一語道破的：見水不見米，非粥也；見米不見水，非粥也。必使水米融洽，柔膩如一，而後謂之粥。

要吃一窩好的雞粥，怕要如關平所示範的做法：浸透乾草菇去泥沙，水滾後連同洗淨的乾草菇，陳皮與米一齊下水，水滾再下之前洗淨的鮮雞，再滾四十五分鐘左右，把雞拿出來，涼一會去皮拆肉作雞絲。拆好雞絲後下少許糖和生抽調味。等粥煲兩小時後，加入調好的雞絲和唐生菜絲，加適當的鹽。這樣的一窩雞粥，未「臥聽雞鳴粥熟時」，已令人食指大動！然而，其鄉對「粥」的要求更趨嚴謹，其鄉從不會原粒米下鍋煲粥，煲粥要煲米沙粥，就是用擂槳棍在沙盤中把米擂開，見米心才拿去煲粥，粥才會爽而不膠。

蔡珠兒寫吃粥，亦精彩。她道出了煮一窩好粥的艱難與竅妙：當然米才是主體，也有粳米、絲苗、糙米、紅米、糯米等許多種，須斟酌情況選用，爽利用糙米，柔潤用糯米、要香氣就用茉莉絲苗。就算煮白粥，也要摻混幾種米，譬如台灣的芋香米和泰國的糯米，再加上做意大利燴飯的 Arborio 珍珠米，它柔稠多膠質，能使粥味有底韻。用這樣的粥底，煮一鍋水蟹粥或豬雜粥，那就真是天下無敵矣！

吾國吃粥有淵遠歷史，《禮記》月令篇已提出「行糜粥飲食」。周代「以粥養老」更體現出對長者的關照。

吃粥，並不容易，周作人在一篇談日本的米飯時說，我們平常想像，以為東亞的人民是以米為常食，至少中國與日本總是如此，因為他們說進食總是說吃飯的。近來看日本牧田茂的民俗學書《生活的古典》，才知道這也只是城市才如此，若是在大多數的鄉村那就是別一種的情形了。

讀茂呂美耶的《平安日本》，提到當時（日本史上，延曆十三年，即七九四年至同治元年，即一一八五年約四百年間，史稱「平安時代」）人的主食是米飯。一般分「強飯」與「姬飯」，前者用瓦製、圓形、底層有許多細孔的蒸籠去蒸，蒸出來的米飯很硬，沒有黏性；後者則用水去煮，比「強飯」軟。若將曬乾的「姬飯」泡在冷水，便成「水飯」。《今昔物語》有一則描述三條中納言因太肥胖，於是聽從醫生建議，夏天吃「水飯」，冬天吃「湯漬」（現代的茶泡飯）。夏天吃「水飯」確有減肥效果；三條中納言堅守醫生建議，夏天只吃「水飯」，只是佐飯的菜餚是「十條三寸長乾瓜，三十尾香魚壽司」，結果，愈吃愈胖，最後成為相撲力士體形。未知這是否人類「吃粥減肥史」第一個悲壯的個案？

艱苦歲月想吃肉，小康生活要喝粥。李國文說得好：大家同是喝粥者，心情易相通。中國舊時文人，由於喝粥的結果，多半喝出一個淡泊的精神世界，實在是值得後人景仰。

原刊《文匯報》，二〇〇七年一月六日

你有牛白腩，我有荔枝柴
——歎盡盆菜文化與潮流

食盆菜，已成為一種時尚潮流。我愛食盆菜時那種熱烈的氣氛；試想想，一大棚人圍着個大盆（傳統為大木盤，如今多以銅盆、錦盆、瓦煲、錫箔紙甚至塑盆盛載，方便消費者在家裏利用卡式火鍋爐慢火加熱）笑着爭食，尤其「食盆」時有個相當有趣的慣例，就是一定不可以客氣。食者一起把盆內食物倒置，將它翻來覆去，盡享各層味美的材料，寄意同心協力和時來運轉。

我的教書朋友鍾博士乃新界原居民，他說五十至七十年代初，村中遇大時大節，婚嫁慶典，居民在祠堂擺設盆菜宴，一開就是數十席到上百席，甚至是早晚連開的「流水宴」，所謂「流水宴」，是指宴席從早到晚擺足一整天，賓客隨到隨吃，圍爐杯上杯落，氣氛熱烈，食出感情！

說到吃盆菜的熱烈與壯舉，文友薛興國於《再吃一碗文化》提到二〇〇二年的二月二十三日晚上，深圳下沙村開設三千八百圍盆菜大宴，近六萬人參與其盛，創造了規模最大的民間宴會的健力士世界紀錄。那一夜用去的材料，計新鮮門鱔魚二千四百公斤、生蠔二千七百五十公斤、豬肉二萬八千五百公斤、鴨子三千隻……主材料的重量是五十二噸。還有那些一袋一袋的魷魚和豬皮、一筐一筐的蘿蔔和枝竹、一箱一箱的雞粉和米酒水，堆起來都是一座一座的小山。

傳統盆菜有一定的工序，師傅一層一層有序地把材料疊進大盆之中，這工序稱為「打盆」。正宗的要求：第一層是乾煎蝦碌、油雞；第二層是炸門鱔、手打鯪魚球；第三層是冬菇、蝦乾等；第四層是圍頭豬肉或南乳炆豬腩腩；第五層是枝竹、魷魚；第六層是蘿蔔、豬皮等。前輩說，千變萬變，盆菜有幾樣基本的材料不應該變：蘿蔔、豬皮、魷魚和燜豬肉，尤其是圍頭炆豬肉最考師傅功夫，亦是圍村盆菜的精神所在。如今好些燒味舖、快餐店推出的盆菜則以燒肉代之，其風味已盡失矣！

古法炮製的圍頭豬肉——要把半肥瘦的豬腩肉出水、上色、入味、風乾後再猛火逼出油和慢火收水炆製，經十多小時的耐心烹調後，便成入口香滑、甘濃、不肥不膩別具特色的圍頭豬肉。傳統的盆菜講究用料新鮮，烹製過程的耐性與心機；近代的用料雖多，「富貴盆菜」尋且用鮑參翅肚，可是已失其真，拼湊下的盆菜欠缺和味諧協，一如劉健威所指出的：吃盆菜，還是以元朗屏山的鄧氏宗祠為正宗——平平實實的鄉村傳統，吃的就是樸素自然風味。

新派盆菜加進花膠（當然是最廉宜的那種），吃的只是虛榮。好一句「吃的只是虛榮」，盆菜的多變，正反映香港商人的大智慧小機巧。時至今日，盆菜的吃法多姿多采，且已成香港飲食文化的一部分。連鎖快餐店一大早便推出盆菜外賣，酒樓、燒味店、茶餐廳、熟食檔，甚至私人會所的餐廳，大型慈善餐宴……無不爭奪新春的生意！有些迎合消費者的口味，甚至推出海鮮盆菜、素食盆菜、咖喱盆菜、日本盆菜、歐陸盆菜等，這些虛有盆菜之「名」而骨子裏一點盆菜之「實」也沒有的「盆菜」，食家唯靈頗不以為然，痛斥之曰：這些盆菜應叫拼盤更為恰當，亂七八糟的食品堆在一起互不搭界，完全沒有盆菜共治眾味融和的特色，根本就不是那一回事，可謂完全不合格。

寶安圍村傳統盆菜的本色厚重淳樸，以豬肉為主，門鱔乾、蝦乾、蠔豉為輔，底層必有蘿蔔與炸豬皮，間或有豉油雞與魷魚，從來沒有以現代港式版本的鮑參翅肚充大頭鬼。當然，最「難頂」的便是茄汁蝦碌，那茄汁融入下三層的蘿蔔、豬皮和圍頭豬肉，則完全破壞滷汁的滋味。唯靈對此心痛惡絕：以如此惡形惡相的東西而叫「傳統圍村盆菜」是扭曲傳統，強姦民俗，褻瀆文化，失禮死人！

時代在變，盆菜既是一盤生意，材料的改變貪新，烹調的「多快好省」，我們不會憧憬什麼「你有牛白腩，我有荔枝柴」；我們要的，只是盆菜的真味與精神。劉枋說「好吃最是家常飯」，究其因，家常菜即使多變亦不會肥膩，更重要的是它烹製認真，並非徒有花巧的鋪排或虛應故事。朱振藩的一段話，正好解釋什麼叫真味：蘇易簡（著有《文房四譜》）在為宋太宗講經時，太宗問他：「食何品何物最珍？」蘇易簡對曰：「食無定味，適口者珍，臣止知虀汁為美。」他並回憶往事，曾有一次寒夜酒醉後，口渴飲冷虀汁，認為即使是仙廚中的「鸞脯鳳胎」都及不上！

朱振藩覺得能天天吃而對胃口的，絕不是價格高昂的山珍海味，反而是由平凡食材燒出的頂級美味，其〈老饕賦〉云：「每嘗遍於市食，終莫及於家肴」。因此，能吃到「今日座中，南之蝤蛑、北之紅羊、東之蝦魚、西之果菜、無不畢備」的盛宴，固然口福不淺，但僅能吃到幾道平日愛吃的家常菜，不也是一種另類珍味嗎？

行文至此，特別懷念教書朋友鍾太李多加的圍村傳統盆菜。盆菜的滋味，在童元方教授筆下，卻吃出了鄉愁與對文天祥忠貞的仰望：文天祥，人人都知道他愛國，卻很少人知道，前半生的文狀元與後半生的文丞相的詩風很不相同。這是因為忽略了他的詩作內容，甚至忘了他是詩人。鑽研文狀元的詩集，才知道他原來是獨愛李商隱的，所作亦時與晚唐同調，有一種慵懶之美。隱居文山之後，更是歌酒度日，不理這個世界。所吟則為「酒酣剩有詩酬唱，步倦何妨車馬回」之屬。突然，文天祥變成了丞相；世變更亟時，丞相帶起兵來。一二七九年的春天，文在五坡嶺被俘，上了囚車，押回燕京。一路上他所唱出的歌中，我總記得這一句：遊子衣裳如鐵冷。在做了楚囚後，囚車裏的悲歌，讓人感覺刺骨的寒。到了獄中，所詠之詩中我也總記得這一句：骯髒到頭終是漢。

文丞相的錚錚風骨，為讀聖賢書的文人贏盡高風亮節的掌聲！童教授嚐着盆菜的滋味，七百多年後仍遙念文天祥這文武全才的鐵漢並沒有什麼子孫傳下來，盈眶的眼淚被逼回去的那種感情，還有多少人能領會？今個春節，鍾太如約我吃她親手炮製的盆菜，我會客套的拒絕，改叫鍾博士炮製吾鄉的佛跳牆。

原刊《文匯報》，二〇〇七年二月十三日

疙瘩連連　摺疊苦澀　夏日炎炎説苦瓜

我的學生美美果然獨具慧眼，於躁鬱濕悶翳熱時節，傳來也斯的〈給苦瓜的頌詩〉，頓有菜園風來瓜果香的提神醒胃。這詩入選中學的語文課程，我不知道有多少學生能真切的體會這首詠物詩的真味——儘管不少教師會帶備一隻苦瓜入課室，讓學生以各種感官體會品察：視覺、嗅覺、味覺、觸覺及聽覺。然後再切開苦瓜，讓學生觀察其內裏。然而，「老去的瓜／我知道你心裏也有／柔軟鮮明的事物」，年青的學子，會感悟老去的瓜那種孤獨嗎？他心裏柔軟鮮明的事物是什麼？

這真是言有盡而意無窮。詩人純樸的語詞，毋須道破此中真意，這便是文學的層次詩的境界。日本評論家坂口安吾的《墮落論》有個很好的例子：

古老一池塘　青蛙躍入水中央　撲通一聲響

如果只看這一句，論誰都明白它是很純樸的語詞，既不會有人將它化為音樂演唱，就連青蛙躍入古老池塘的實際景象，也無法讓我們從這一句當中感受到任何心靈悸動。這句話，不存任何多餘的道理說明，只是單純表達着一個高昂的情緒。

古老一池塘　青蛙躍入水中央　撲通一聲響　令人唏噓不已的　秋日夕陽

這一句和歌，是坂口安吾從五十嵐力所著的《國語之誕生及其發展》中擷取出來的。如同五十嵐所述，芭蕉這一段俳句被人親切地加上了下一句，且非常明顯地是加入了一種感傷情懷和季節，試圖用以說明整句話的意境，只是這親切的下一句，結果卻完全扼殺了芭蕉的名句，使得它變成一句毫無意義的愚蠢詩句。

這真是醍醐灌頂！文學就是這麼一回事！要為什麼而寫都是廢話，你能夠用動人的文字說服我——依你的信念生存下去，活得過癮，不就是達到文學的目的？陳義過高的口號是用來戰鬥的，言之無物，讀之有味，難道就不是文學？為什麼要把人生的層次推得那麼高不可攀？詩人佩服苦瓜的沉默，「把苦味留給自己」，此種高層次的藝術精神需要讀者本身的學養與經歷去體味；詩的最後一段點出苦瓜值得「頌」的基因：在田畦甜膩的合唱裏／堅持另一種口味／你想為人間消除邪熱／解脱勞乏，你的言語是晦澀的／令我們清心卻明目／重新細細咀嚼這個世界／在這些不安定的日子裏還有誰呢？／不隨風擺動，不討好的瓜沉默面對／這個蜂蝶亂飛，花草雜生的世界

這樣的結局真是韻味無窮，文簡而意多，所謂「使味之者無極，聞之者動心，是詩之至也」！我喜歡苦瓜的堅持，我喜歡它為人間消除邪熱，有道是夏日佳蔬苦逾甘，李漁説：吾謂飲食之道，膾不如肉，肉不如蔬，亦以其漸近自然也。筆者未能疏遠肥膩，夏日尤嗜苦瓜——以豬肉、蝦仁、土魷同剁碎作填料，加蒜頭、豆豉炒着吃，此道「釀錦荔枝」，夏天以之佐膳，據云可收清涼消炎之效。在酒樓茶室，我總愛叫一碟豉椒涼瓜牛肉飯炒底，佐一杯少甜的凍檸茶，燠熱天時之絕配也！

其實，齋食並非不吃肉食，而是指佛家子弟中午以前所進用的食物；因為午後是禁食的，倘吃了就不是清淨的身心了。《大乘衍義》說：潔清故名為齋。小乘的戒律也只禁止過午進食，並不禁止吃乾淨的肉。已故食家汪曾祺（一九二〇至一九九七）認為肉食者不鄙，使我這食肉獸稍感寬慰，他老人家生前最愛獅子頭、鎮江肴蹄、乳腐肉、腌篤鮮、東坡肉、梅乾菜燒肉、白肉火鍋、烤乳豬。更令我印象深刻的，是他的一篇〈苦瓜是瓜嗎？〉，他從石濤的畫知道苦瓜的狀貌，迨到了昆明，一看，才知是癩葡萄。

苦瓜表面雖疙瘩連連，詩人表白：「我卻不會從你臉上尋找平坦的風景／度過的歲月都摺疊起來」。實物的苦瓜，不一定要是白玉——「日磨月磋琢出深孕的清瑩」，讓詩人「笑對靈魂在白玉裏流轉／一首歌，詠生命曾經是瓜而苦」。汪曾祺說他的伯父每年都要在後園裏種幾棵癩葡萄，不是為了吃，是為成熟之後摘下來裝在盤子裏看着玩的。粗糙相對精緻，是另一種美，醜女可以大翻身，我信！「心能同水月，骨自帶煙霞」，有些美，只可意會不可言傳，像「秋陰不散霜飛晚，留得枯荷聽雨聲」，枯荷的美，透過雨聲，足以令人神馳千里！

這樣的人生，雖苦，卻有味道！那樸拙——是種大美，當你有足夠的人生閱歷，才會領略生命的本質，原就不可以太精緻完美。此刻，讓我以閩南的鄉音，在心底默誦一遍詩人給苦瓜的頌歌。今晚吃什麼？

還不容易——先來個涼拌苦瓜，再來個苦瓜炒蛋，咦，怎麼沒肉？哈，別着急，還有個苦瓜熬肉排湯呢！

吃得苦中苦，方為大丈夫。

原刊《文匯報》，二〇〇七年六月五日

愛情硫酸　與碰撞的故事

女人感情受騙，月黑星稀，潛入地盤偷聽男人向內地髮妻情話綿綿，於是怒從心中起，妒灼雙目燒，用鏹水淋向負心漢子……這些「新聞」，隔些時段總會在港聞版見到，當然，有時是男的向女方潑。

張小虹有一篇文章就叫〈愛情硫酸學〉，印象深刻，忙翻出來；她說：愛情不是硫酸，但當愛情關係中出現硫酸時，不論是潑向情人或情敵，被毀容的愛情已不是愛情，而是暴力。

說得好！愛與恨——鋒鋭相隔不正是刀之兩創！在戀愛中認識愛不容易，在被遺棄或隱瞞欺騙中了解愛更難。「雲中誰寄錦書來？雁字回時，月滿西樓」：在還沒有短訊傳情的年代，表妹等表哥的情書，也等得那樣詩情畫意，愛情，簡直就是美學！

愛情向來都是難以捉摸。生年不滿百，常懷千歲憂。這「憂」，愛情的比率佔七成吧？黃寶蓮説：本來食性同源，想吃的慾望，對食物的聯想、咀爵、啃咬、吸吮、吞嚥，與性愛的動作有極其類似之處，食慾愛慾同樣源自肉體深處的原始本能，一個人感覺到餓，腦子就發出訊息，腸胃開始蠢動、唾液開始分泌，想像着食物的美味，以及在口裏咀嚼的快感，身體渴望食物的滿足，就像靈魂盼望愛情的滋潤。如此看來，我只好調整「比率」，平分兩者各佔50%。我這人市井，熱愛喧鬧、好色貪食。

愛情又如張小虹所說的如硫酸：一種你儂我儂的相互滲透，君不聞自古便用

「刻骨銘心」、「銷魂蝕骨」來形容情愛之深刻與迷醉，這硫酸侵蝕的意象，在「愛你入骨」時便是水乳交融，在恨你入骨時，便是潑灑硫酸。愛情如硫酸，要避免「形銷骨立」——切記——夜深不宜以手機或電話傳情說愛，好好的睡一覺笑迎明早的晨曦吧！

人生苦短，愛情其實不應有恨。隱地說：人和人忽然遇到，不管是事先的相約或偶然相遇，都是一種碰撞。打開姻緣簿，只看你「撞」到公子哥兒、豪商巨賈還是「碰」到癟三鼠輩、窮鬼財奴，這真是各人的造化。前輩確有見地，人生在世，無非碰撞一場。好命？歹運？端看天雷勾動地火那一激的巧遇妙撞！這「碰」字是一切因果的基因，沒有「碰」，沒有偶遇或撞見，一切故事無由發生。沒有「碰」，你的麻將搭子不會這麼快就餬出清一色對對胡！

隱地認為「碰」與「不碰」是人生的兩難。同樣是「碰」的人生，有人七碰八碰，好運全被他碰到了。有一個小女子，一嫁二嫁三嫁，愈嫁愈發，嫁到後來，成了富婆，年紀一把，晚年還有帥哥男友服侍。同樣一個美麗女子，就是命苦，碰到的每一個西裝筆挺的男人全是虛有其表，到頭來吃她喝她還要罵她打她，天下壞男人，偏她遇上！

愛情真的沒什麼道理？

曾經寫過世界上最長而簡單情書的巴黎畫家馬賽·德·列克魯爾，一八七五年將情書中最常見的「我愛你」，反覆地寫了一八七點五萬次，寄給心上人貝拉特婭。這一數字相當於當年年號的一千倍。如此長的情書，並非馬賽自己執筆，乃是他僱人代為書寫。我不知道貝拉特婭收到這樣單一悶蛋的情書，會相信「我愛你」講上一千次便跳升成真理？二〇〇一年諾貝爾文學獎得主V·S·奈波爾（一九三二至——）的《米格爾大街》（Miguel Street），作者從少年天真無邪的角度，描寫故鄉千里達首都西班牙港的市井小民生活，那裏的女人倒現實可愛——女人就是這副德行，她們喜歡的就是這種東西，不是那個男人，而是那新漆的房子，和屋裏那套全新的傢具。這倒符合印度作家魯斯瓦（一八五八至一九三一）於《一個女人的遭遇》所說的：男人的愛情只在於得到快樂，而女人的愛情則要兼顧兩個方面——既要得到快樂，又要得到保護。

男人當然也有情癡。中國古代有「尾生抱柱」的佳話；希臘傳說有多情少年安達爾，因愛而游過赫利斯旁特海峽會情人希蘿，最終淹死。尾生與安達爾，兩人均把愛情寫在水上，「愛河漂一世，既溺不能止」——淒美得令人不忍！

當然，要是兩位少年沒有溺斃，結局會怎樣？張國立會這樣處理：四十五的希蘿，體重是高中的兩倍，眼袋可以綁蝴蝶結，問坐在馬桶髮線上移的老公：「你還愛不愛我？」安達爾的眼睛正瞪着副刊的風月版，頭也沒抬，冷冷的語調：都老夫老妻了！希蘿深受打擊，認為老公變心忘記過去的承諾，趴在床上抱着軟枕大哭：一生一世的愛怎變成老夫老妻了？

唉，希蘿就是不懂得欣賞其夫這輩子對他所說的最老實的那句話：都老夫老妻了！男人不說謊，還活得下去嗎？

尾生若然不死，必然長點智慧，即使不能體會悲劇、喜劇絕非相反詞，而是一體之兩面。悲到極限與喜到極限，人的臉部表情會是一樣的，所謂「哭笑難分」一點不假；要是有人問他：聰明的男人會不會是個好丈夫？我多希望他會答：人生難得幾回失戀，聰明的男人根本不會成為丈夫（後一句是大明星華倫比提的慧語）。

愛情真的沒有什麼道理，夜深人靜，我要尋好夢去了，就此打住。

原刊《文匯報》，二〇〇七年六月二十三日

法國名廚探烹飪新路

曾幾何時歐美受到瘋牛症的恐慌，不少人轉而吃素。讀美國Vogue雜誌食評專欄作家傑佛瑞．史坦嘉頓（Jeffrey Steingarten）的《舌尖上的嘉年華》（It Must've Been Something I Ate），得知六年前法國名廚亞倫．帕薩（Alain Passard）對法國《解放報》說其菜單不再使用肉類，他開設的餐廳「拉霈居」（L'Arpège）是米芝蓮指南裏少數的二十一家三星餐廳之一。

這位法國名廚說他已經好幾年不吃肉了，並已喪失烹調肉類的慾望。過去的日子，他逐漸將素菜加入菜單，提供半素或全素的餐食給一些老客人，這些客人全心信賴他，讓他放手大膽試菜；帕薩為自己立下的使命是「為法國發明一種全新的廚藝」，他要對蔬菜作一番探索與認知。《解放報》指他正處於沮喪期，說是年少得志者常會展現的心理狀態——蔬菜即是他對抗無聊處境的最佳利器。

名廚的素菜烹調可一點也不簡單。史坦嘉頓道出其中主因：首先得把八至十種的蔬菜去皮清理，接着分開在小火上，以清水、高湯或是蔬菜汁慢慢煮熟，通常還會加入一點鹹味奶油。等到用餐時間，會再次將以上各式蔬菜放進一平底鍋，以一點鹹奶油加上蔬菜自滲的一些汁液濃縮，替蔬菜裏上一層油亮的醬汁。最後，再將這些蔬菜與甘藍菜、甜菜以及黑松露，以藝術化的手法共排一盤，旁置三款青綠、淡金（葡萄乾醬汁）與深紅（甜菜）醬汁。

吃一道素菜，花如此多功夫在醬汁上，我總覺得不划算。溽暑，離不開瓜菜。讀聶鳳喬《蔬食齋隨筆》，介紹閩菜「翡翠羹」——用菠菜剁泥加調料做成綠稠羹，倒在盤子的半邊，再用雞脯肉泥做成白稠羹倒在另半邊，綠白相間，爽口利目。凡是有「翡翠」之稱的菜大都可以用菠菜充任；杜甫〈陪鄭廣文遊何將軍山林十首〉，其二有句：鮮鯽銀絲膾，香芹翡翠羹。詩人用蘿蔔絲煮在西安郊區溪裏撈到的魚鮮，再用澗邊的野水芹製成碧綠的湯羹，這餐野宴，看來醒胃之至！孔海珠《沉浮之間——上海文壇舊事二編》記魯迅在茅盾家吃「野火飯」，那是一九三三年五月間的事。據茅盾說，「野火飯」是其家鄉（浙江桐鄉市烏鎮）的一種便餐，用肉丁、筍丁、豆腐乾丁、栗子、蝦米、白果等，加上調料，與大米混合拌勻，煮熟即成，吃時再配以鮮湯。

「野火飯」之妙既在於「雜」，配上「紅嘴綠鸚哥」的剁碎波菜，視覺佳，口感正。夏天，我除了愛吃苦瓜，亦愛吃菠菜。聽前輩說掌故，謂從前上海三友實業社，出品一種潤腸通便的「方便丸」，其廣告云：大便不通，心事重重，大便一通，渾身輕鬆！後來我讀沈惠蒼的《食德新譜》，乃知此十六字佳句，出自陳存仁醫師（一九〇八至一九九〇）。有入有出，一個健康的人，食得亦要屙得，是以廣東人有「菠菜滾豬血湯」，用以疏利腸胃，清解酒毒，確有見地。不過，豬血難求，不妨來個「菠菜燒豆腐」。陳存仁《津津有味譚——素食卷》（廣西師範大學出版社）另有菠菜豬肝湯，又將菠菜煮爛搗成泥，塗敷在麵包上或作為餃子餡，都有補血、養血之功。陳醫師提到：「凡患草酸結石症（腎結石或膀胱結石），忌吃菠菜，因為菠菜含草酸量大，其草酸總量如高於鈣質總量時，鈣質不被利用，且阻礙其他食物中鈣質的吸收。」至於豆腐不宜與菠菜共煮，至今仍成公案，一位專欄女作家亦發出疑惑：菠菜真要與豆腐拆開永不結合？《蔬食齋隨筆》倒揭開了這個「謎」：

菠菜每一百克約含草酸三百毫克，每一百克豆腐約含鈣二百四十毫克。一般情況下，草酸在人體內會與血鈣結合，由尿排出，使人體內的鈣減少，當然不利於健康。然而，事情並不是想當然，更不能據以邏輯推理，皆因另有情況——豆腐中的鈣已經和蛋白質結合，跟草酸相遇並不發生作用，等豆腐經過胃液處理逐漸被消化時，才會跟草酸結合，形成草酸鈣而被排出。這可以說明菠菜與豆腐在烹調過程中，並未形成「危險分子」。按分子量計算，實驗證明每七十克豆腐中的鈣，可以結合去一百克菠菜中的草酸。換言之，草酸並不能奪走全部的鈣。當然，若是你不放心，可以把菠菜用開水先燙一下，再在冷水中泡十五分鐘，草酸易溶於水，絕大部分排除了，再予烹飪加工。

菠菜燒豆腐，放心吃吧！我常做的是雞油菠菜；菠菜葉薄易熟，炒時宜在滾油中下鹽，後下菜，汁滾立即起鑊，如此，菜熟而不爛，色澤青翠，入口清甜。當然，亦可拍蒜頭爆香，加少水，以皮蛋鹹蛋煮之，均一絕。菠菜亦宜涼伴，用麻油無以尚之。《素食說略》說：或瀹過加浸軟豆腐皮，以芝麻醬、鹽、醋同拌，尤爽口；亦可隨自己口味，加雞絲火腿丁、海米蝦皮、鮮魷粉絲，風味殊佳。

要是花得起時間，不妨試試以下兩味。其一為滇菜的「菠菜丸子」：將菠菜葉、玉蘭片、冬茹、熟火腿、熟雞肉切成寸長細絲，拌勻攤開，將細絲擠出小肉丸，丸子扣在腕中，旺火蒸一刻鐘，復入盤中，澆上特製汁（可用雞湯混少許蠔油）與麻油，吃時香醇柔滑，鮮美不膩。其二為湘菜的「椒鹽菠菜心」：先將海米、火腿切成碎末，加入鹽、雞粉、麵粉、茨粉、雞蛋攪成糊，再將菠菜心掛糊油炸，起鍋後撒上花椒粉與麻油，蘸茄汁吃，紅綠相映，焦香微脆，酸甜醒胃，三五知己，用之佐酒，談馬論波，測股講金，風花雪月，逸興遄飛，一夜杯上杯落，笑談十年回歸情，三司十二局如何走入群眾，怎樣落實扶助我這貧窮書生，亦人生一樂也！

原刊《文匯報》，二〇〇七年七月一日

飲食美文與傳統

美國當代文學大家約翰．厄普戴克（John Updike）說：在美國，找不出比M．F．K．費雪更好的散文作家；在世上，找不出比她更能增進食慾的女人。詩人奧登（W. H. Auden）看過她的美食文章，禁不住脫口而出：「我不知道美國當代還有誰能寫出更佳的散文。」

費雪（一九〇八至一九九二）可稱得上是當代飲食文化的一則傳奇，經奧登品題後聲譽更隆；美食家稱她為指路明燈，其作品《逕自上菜》（一九三七）、《牡蠣之書》（一九四一）、《如何煮狼》（一九四三）、《老饕自述》（一九四三）、《美食順口溜》（一九四九）、《飲食之藝》（一九五四）無不叫人眼界大開，當年以第二次世界大戰而物匱乏，民生艱苦，巧婦難為佳餚的困境，寫下無數夾雜人情溫暖的省儉菜譜，從費雪的《飲食之藝》視之，所謂飲食，已不單純指麵包與酒，而是附帶食物一起的歷史文化、社會環境，甚至個人與集體錯綜與感情。（注：《飲食之藝》是她把五本著作合成一本的書名。）

事實上，費雪於一九三七年出版的《逕自上菜》已使她一炮而紅，她的文筆洗練，優雅逸致，時有警語，戲而幽默：當年過半百，尤其仍要保持可悲的年輕力壯飲食習慣，我們就開始發福。這時即便最笨的人也要注意；但非常不幸，我們太習慣看到中年後發福的人了，於是便要接受雙下巴與大肚皮，認為這是步入老年的一部分。

費雪調侃男人的醜相窘態，然而，文章結尾，她又恍如秋日和風的令讀者精神一振：但我們一定會老，也一定要吃。這些事實一旦被接受，男人便應順理成章去愉快學習更好的飲食習慣，而不會注意體胖而因噎廢食，並能兩相調和。達利蘭（Talleyrand）曾說人生有兩大要事，一是吃得好，二是和女人相處得好。歲月迢遞，塵埃落定，怎樣和女人或友儕相處得好，好像也沒有那麼重要了！對美味的那種深遠激賞，卻溫暖長留我們心中。

視烹飪為藝術、更是一種成就的費雪，一定不會像在電視教人煮菜的女人般，凡菜式總教人勿落雞粉，如此這樣「把真味謀殺了再加假味」——怎配教人烹調煎炸之道？而此間庸廚，十大罪狀之首是不問青紅皂白，愛在菜餚狂撒味精，教你鯨吞八公斤蒸餾水仍舌乾唇燥，直想一頭撞死在雪櫃的冰格上！

談吃的現代散文，吾國文人亦優為之。據陳思和教授於〈試論現代散文創作中的談「吃」傳統〉稱，周作人（一八八五至一九六七）是「美文」標準的最初倡導者，他在〈美文〉等文章裏指出：「『美文』不是文體形式，而是一種能夠體現個體自由的文體；美文不單單是英國隨筆式的舶來品，它還將借穿『國粹』的外衣還魂。」

周作人在〈北京的茶食〉（見《雨天的書》）說：「我們於日用必需的東西以外，必需還有一點無用的遊戲與享樂，生活才覺得有意思。」我們看夕陽，看秋河，看花，聽雨，聞香，喝不求解渴的酒，吃不求飽的點心，都是生活上必要的——雖然是無用的裝點，而且是愈精煉愈好。

陳思和認為周作人的散文是新文學中談「吃」的始作俑者；並分析周作人談吃的文章不會超過二十篇，其談吃的小品所追求的目標有二，其一是將生活藝術化，即用藝術的觀點來審視平凡的日常生活，用他自己的話說，「把生活當作一種藝術，微妙地美化生活」；其二是強調對民間風俗的研究，於是，食文化成了他的民俗研究的課題之一。他所談的「吃」，都是偏重於民間鄉土小吃，由此引出民俗學的研究。

周作人談吃的文章，與費雪的戲筆有多少相似之處，周作人比費雪早生二十三年，費雪於《如何煮狼》一書，其哲學是一種省吃儉用的倫理美德——費雪假設在一九四〇年代美國，如果拮据手無分文，就算借來五角錢，也可以活上三天到一星期。她設計了一個用五角錢作飲食的方程式，教許多母親或妻子於經濟大蕭條養活一家數口的飲食方箋；她在另一篇文章〈如何餓中作樂〉更直指食藝不在乎如何填飽饑餓，而在乎如何在共食的快樂氣氛與緩慢咀嚼中，享受出美味。細閱周作人的〈故鄉的野菜〉，當可明白貧乏的環境仍可吃出生的喜悅，比費雪《如何煮狼》更得其神髓矣。陳思和讀周作人所介紹的小吃，往往都是粗糙的民間食品，經他的筆一點化，變得妙不可言。有幾處他談到家鄉的清明節上墳祭祖，都有意推薦吃燒鵝而反對燒鴨。

原來，周作人主要是嫌鴨子太富貴氣，〈上墳船〉一文說：「唯鴨稍華貴，宜於紅燈綠酒，鵝則更具野趣，在野外舟中啖之，正相稱爾。」

其實把家禽劃分階級的確毫無道理，唯一的根據就是北京填鴨的肉質肥嫩多油，北京人又喜炫耀烤鴨的來歷，可以從朱元璋的御廚講到袁世凱的嗜好，處處顯示其富貴氣，加上「便宜坊」、「全聚德」等又都是有名的講排場處，所以不為周作人所喜，也殃及燒鴨。

猶幸香港的鏞記，一席「全鵝宴」把燒鵝變成富貴的象徵，周氏有知，未知會捨鵝鴨而就土雞乎？

閒話扯過，此種飲食美文的傳統，吾國自周作人後，又有誰領風騷？筆者偶讀台灣徐國能的《第九味》，於第二輯「飲饌之間」所收的五篇文章：如〈第九味〉、〈刀工〉、〈食髓〉等，今年才三十一歲的徐國能，寫得情深意足，韻味無窮，使人不禁讚嘆，江山代有才人出；徐君的飲食美文寫得如此精采，蓋有家學淵源，其父的「刀工」在他筆下亦已臻出神入化。

在〈食髓〉一文，他寫道：凡菜貴有回味，如唱曲當有繞樑之韻，寫字當有未盡之興，凡事留下餘地，才有更多騰挪之處。雞肋之所以能讓人「棄之可惜」便在於它不以乍鮮誘人，反是君子之交，淡泊而已。故來者自來，去者自去，他既不強求於人，亦不令人強求於它，在若有若無之際，真是耐人尋味之處。

「凡菜貴有回味」，真是一語中的，事實上，任何好人好事好文章，莫不如此。至於所謂「終極美味」，徐君於〈食髓〉有這麼一段：一般清粥總有微甘，但這粥卻正好被黃菊的微苦所化去，因此嚐來只有菊之清香而無任何味道，但我在這無味中卻得到了一種解答：大凡滋味都由此而始，亦由此而終，人生裏的歡樂與痛苦都要歸於一種平淡，就像狂暴或激昂的樂曲，終回復於寧靜之音。飲罷清粥，眼前的空山飄下暮雨，雲霧散聚，那一刻幾乎靜止到了天荒。

飲食美文寫到如此寂靈閒逸的境界，怎不令人回味無窮，一書在手，孤燈清茶，不知東方之既白矣！

原刊《地平線月刊》總第九十三期，二〇〇五年八月

翡冷翠牛排與烤火

讀人家談吃的文章，我總是充滿愉悅的心情，味蕾受到挑逗，彷彿自己也嗅到了香味。我雖無煙酒之癖，卻有口腹之慾，叔伯朋輩，知我好吃，常「關照」我，使我這窮鬼書生依然可以感受人間的煙火與溫暖。

朋友之中，有些因工作關係，在巴黎吃早餐多過在家中吃晚飯，當告訴我有「法國南部威尼斯」之稱的馬蒂格，原來有種手製的洋芋片，用純花生油炸製，鹽加得正好，既薄且脆，呈半透明的不規則狀，入口即溶化，且價錢不貴，又譬如倫敦北街炸魚店，魚非常新鮮可口，蛋糊脆而不油膩，開放式的廚房讓人清楚見到炸魚的油，澄奪如水；魚的種類則包括蝶魚、鰭魚和黑絲鱈等。

我不嗜魚。朋友的話，倒使我憶起多年前在倫敦吃過桃乾燴野鴨和傳統英式烤松雞，配以波爾多紅葡萄酒，那夜，我覺得有點生存的意義。

最近看了韓良露一篇談意大利佛羅倫斯（翡冷翠）的「佛羅倫斯大牛排」的文章，再加上張立國《再咬幾口意大利》裏頭精美的彩色圖片，真教我這個食肉獸狂呼「我空虛」——有得睇冇得食之故也！

韓良露介紹說：佛羅倫斯大牛排吃時要將T骨部分的牛肉切成五公分厚，放在葡萄枝或栗樹枝的烈焰上燒烤，吃這種牛排要愈生愈好吃，吃三分見血最佳。

她認為佛羅倫斯的大牛排，是全世界最好吃的牛排，何以故？

英國安格斯牛、美國頂尖牛、日本和牛都比不上。

原來和佛羅倫斯大牛排選用的特殊奇亞那白牛有關，這種牛在托斯卡尼的山谷中自然放牧，因此不會有人工飼養的羶氣，牛隻長至一至二歲間宰殺，之後不經冷凍，而以冷藏數日讓肉質變軟，這樣的大牛排，難怪吃時只要撒點海鹽即可，連黑胡椒都不需要。

張立國則介紹噴泉餐廳（Ristorante Le Fonticine），這家餐廳在佛羅倫斯很有名，位於國家大道上，門前有一個很古老的洗手台，一排的水龍頭，據說抽取的是泉水，因而餐廳就根據洗手台，稱為「噴泉」，店佈置得古典，都是木頭桌椅，牆上掛滿了書。

張立國說他點的是 Bistecca Alla Fiorentina，一千克重，只見連骨的牛排先將外層煎過，再放到炭上烤。

先煎的原因是封住肉汁，免得在烤的時候流失太多而喪失了肉味。

牛排上桌有個儀式，服務生讓客人先去壁爐看看牛排烤得滿不滿意。張立國如此形容：老天，只見牛排外層已略帶焦的香味撲鼻，然後他在桌旁把肉和骨頭分開，一刀下去，裏面仍紅嫩嫩的，可是沒有血水流出來，真像性感的美女，外香肉嫩。

飲食男女，人之大慾存焉，讀到如此精采的佛羅倫斯大牛排，平常嚷着瘦身的小姐太太們，此刻難免會霍然驚覺自己體內，竟還流起野蠻人嗜血的衝動。好，大娘這趟就要六百公克，也不過是二十一盎斯，比常見的巨大紐約T骨牛排的十六盎斯多一點點罷了，回去再地獄式瘦身吧！

有人指出：人類第一次真正意義上的烹飪，是在篝火上完成的。內地美食家沈嘉祿說得好：這一天雖然沒有岩畫和石刻記載，但它的劃時代意義是不可低估的，從此，人類告別了蒙昧的茹毛飲血時代，從生食進入熟食，並從理論上說，誕生了第一代美食家。那麼，在今天，我們秉承燒烤的烹飪精神，其實是基因的作用，這也是火烤的形式比水煮、油炸、微波加熱等通過媒介加溫的形式更能逗人食慾的根本原因。

燒烤的過程，是我們在精神上尋根問祖的行為方式。牙齒在與烤物拉拉扯扯的過程中，那種欲取又縱的遊戲，喚醒了人類的原始獸慾。而手持一串串烤肉的姿勢，與蠻荒時代先人們的晚宴實現了超越時空的輝映。

沈嘉祿說他在西藏，看到過當地藏民吃烤牦牛肉。一堆火，架子上掛着鮮血淋淋的牦牛肉條，血水還在汩汩地往外淌，就迫不及待地拿來吃，還咂地有聲，一臉幸福。

筆者每年秋冬之際，愛結伴與同事鍾太、老馮一行數十人到深圳文錦南路的穆斯林餐館清真餐廳吃烤全羊。我們不要太大的，人多就要兩隻，人少就一隻，每次去暴食，總感到滋味無窮。整隻羊用木盆盛着，外焦裏嫩，噴香而出，人人套了膠手套用手去抓，我更是不顧儀態，套也不用，大力用手去抓來吃，兩手油淋淋，一嘴膩亮亮，只懂叫「好正好正」！

烤羊吃過，還有羊雜湯，整整兩大碗，那管它外面北風呼呼，老子熱得要把襯衣也脱掉！

說起羊雜湯，原來佛羅倫斯除了牛排外，還有極庶民的牛內臟料理。據韓良露說，在中央市場內有一家叫拿波內的老舖，從清晨七點起就隨着市場內的肉販、菜販一起開張，許多在市場工作的勞工階級都會叫一份紅燒牛肚配托斯卡君無糖麵包，再來一杯紅酒，就可以忘去一早的勞累。

除了紅燒牛肚，還賣各種水煮的大塊牛脯、牛肚、羊肚，切成薄片後包在浸過肉汁的硬皮麵包內，還可澆上辣椒醬。

此種水煮內臟的方式，確像清真館的烹調手法，難怪令作家想着佛羅倫斯開始流行這樣吃牛羊，也許是和伊斯坦堡及中亞回教徒大量貿易後的產物，也讓佛羅倫斯從吃豆子的人變成大塊吃肉的民族。

原刊《地平線月刊》總第九十七期，二〇〇五年十二月

追尋平常真味

香港的大廈，隔壁鄰座相距不遠，雖不至伸手可觸呼吸可聞，然而，廚房剁肉拍馬蹄的「啄啄啄」聲聲入耳，要是再加上小朋友那初學鋼琴或小提琴的單調沙啞，偶爾又高八度的嚎叫震弦，真叫人感到茫茫天地，欲哭無淚的悲情！當然，左鄰右里若是愛燒飯的，濃烈的蝦醬椒絲炒鮮魷、鎮江醋肉排會穿越傍晚的冷風，破窗而灌進你的鼻子。至於那有料的老火湯，像烏雞燉螺頭、肉排煲青紅蘿蔔，陣陣噴香會撩動你的味蕾，更要命的，對面那家似特別嗜辣，失驚無神的咖喱洋蔥椰香直搗你的胃液，教你不自覺的狂嚥了好幾口涎沫，真要命！

我的好友李多加老師燒得一手好菜，我慶幸不是她的鄰居，否則晚晚聞香，要是未能締結一段美味情緣，說不定一趟忍無可忍，擎着仿製的AK-47，套着絲襪衝進去，大喊要騎劫一桌美味的家常便飯！

那天買了劉怡伶的《嚐書》，晚上，一個人在APM的星巴克翻着，圖文並茂，伴着焦糖啡香，讀來特別醒神：天井在白日裏是安靜的，只有在傍晚時分，才會生機活絡，充滿炒菜鍋鏟框啷啷嘩啦啦的樂音，空氣中瀰漫家常菜的味道，我媽媽做的「酒國天蹄」一聞便知很下飯，還可以帶便當；對面那家今天煎魚，隔壁是炒九層塔茄子……伴隨着這樣多姿多彩的氣味，我在這一張書桌前唸書、做功課、準備考試，然後長大。

每個成年人，都特別回味小時侯媽媽煮的菜。我的母親早逝，她是個純樸的農村婦女，那個年代，吃都吃不飽，哪懂什麼烹調之道？然而，我生日她必定為我煮一碗黃沙豬肝米線，用豬油爆香薑蔥，上頭加兩隻煎香微焦的荷包蛋，至今想起，依然令我感到無限溫馨。平安夜晚上，在CCTV無意見到訪問虹影，不談寫作談做菜，蠻有意思；結束時，談到她特別懷念其父於清明時在重慶山上採的一種野菜，簡單的清炒就是不一樣的美味。

平常真味，除了沒有花巧，我想，重要的還是那點真愛。

劉怡伶在美國公路旅行，提到菲利浦．羅斯（Philip Roth）的《美國牧歌》，並介紹了In-N-Out Burger——這是一個堅持以家族經營方式的漢堡店，由哈利史奈德夫婦（Harry and Esther Snyder）在一九四八年創辦經營，加州第一個提供得來速（drive-thru）的速食店，沒打算成為全國連鎖餐飲店，目前只有在加州、內華達州以及亞利桑那州設有分店而已。它無懼大型速食店如麥當勞的威脅，In-

N-Out Burger的生意依然屹立不倒，憑的就是平常真味，自從創店以來就沒更動過的菜單：牛肉漢堡、薯條、奶昔和飲料。最有名的就是炸薯條，新鮮的馬鈴薯是現切現炸，沒有配上太多佐料，炸好後金黃色的薯條保留原味且外皮酥而不油膩，內裏還冒着熱氣，口感獨特；奶昔則是用純冰淇淋打泡製成，格外香濃，這是道地的美國風味，結結實實的超過熱量；至於漢堡，大概在別的地方也很難嚐到這原汁原味的正統牛肉漢堡了，不花俏，酸黃瓜片、烘烤過的洋蔥圈、一點黃芥茉醬，加上芝士片和一塊漢堡排，風味原始但口感豐富。

此種美國原始風味的漢堡包，太古廣場及時代廣場的Trilpe O所售的庶幾近之，尤其炸薯條的甘香！平常真味永遠令人懷念，清湯腩不死，有其道理存焉！手打牛筋丸萬歲！

尋求平常真味，有時候就在烹飪時的那一點點巧炒。虹影說：除了火候，下鹽的先後次序是學問，一點馬虎不得。最近讀陳夢因（特級校對）的舊作新版《食經》五冊，寫得真好，皆因作者以實踐檢驗真味。羅孚說特級校對從總編輯退休後，僑居美國西岸舊金山灣區，經常親自下廚，炮製美味，邀請親朋好友，同來品嚐。行家出手，果然犀利，一點一句都是學問，看過了，許多平時不留意、不知其所以然的家居烹飪困惑均迎刃而解。以前看李安的《飲食男女》，見做父親的除了刀工厲害，廚房更有各種各樣的調味香料和各式多樣的鑊，原來有必要而非純為視覺佈景豐富而設。一個追求平常真味的「煮夫煮婦」，沒有一絲不苟的精神，永遠難成氣候。該用平底鑊不能用弧底鑊，反之亦然。作者告訴你：一般而論，炒一磅青菜、肉絲或雞片，要用二十吋直徑的弧底鑊，鑊底火網面積要佔全鑊五分之四，爐火還要夠紅。如果弧底鑊僅得十五六吋直徑，則作料不夠地方轉動，就不易在同一時間內受到同等火候，則炒起來的青菜、肉絲或雞片，必不會做得夠香和嫩的標準。

飲食——還涉及物理學！如果你怕人間煙火而選明火煮食，那我勸你切勿在家炒飯、弄乾炒牛河或星洲炒米，準失敗！

陳夢因的《食經》所以好看，皆因他在長期實踐中悟出飲食之道，所以，追尋終極真味的——非要跟他學不可！尋常的一道「大豆芽炒豬肉鬆」、「韭菜豆腐炆燒腩」，要煮得好吃到家，看過陳夢因的《食經》再洗手作羹調，假以時日，包你可以挑戰「食神」！

我們都愛平常真味，台灣的舒國治著有《台北小吃札記》，在香港，我還在努力追尋，一次，我的舊生慧敏請我到尖沙咀德成街的樂壽新漁村酒家吃順德菜，那沙鍋焗魚唇，真的做到平常真味，大量薑蔥，炸過的魚唇脆而不膩，收汁恰到好處，香聞十里，師傅確用心操力，掌控得好。

原刊《文匯報》，二〇〇八年一月五日

老了，不迷湯水，仍然愛吃

年紀大，依然愛吃；也不顧「三高」，還是想吃就吃，只是沒有年青時的好胃口、消化系統能力特別好，而且往往無肉不歡。早前，看前輩談菜根。菜根，即是青菜的根，如蘿蔔、番薯、芋頭等。咬得菜根，意味能承受艱苦，才會成就大事。七、八十年代的港人，喜歡強調「獅子山精神」：「鬼叫你窮啊！頂硬上喇！」那個年代，我亦是其中一個「咬得菜根」的硬漢！兼職無數，每天只睡三五小時，養妻活兒，捱得辛苦卻精神舒暢！從不怨天尤人。

原來，近代淮揚菜的品牌之一便是「菜根香」，是一九三三年在揚州創立的中華餐飲老字號。前輩說，飯店之名，源自揚州為官的清代詩人漁洋山人作的〈黃芽菜〉，有句：五載歸來飽鄉味，不曾辜負菜根香。

鄉味——那有這麼容易改？不要說五載，五十年依然不變！我如今依然經常記得小時候家鄉的福建炒米粉，那種簡樸的食材，魷魚半肥瘦豬肉條蚌肉芽菜韭黃諸如此類，總是特別齒頰留香！

食家劉健威曾介紹羅馬被譽為最佳的吃扒餐廳 Dal Toscano。他說去了幾次，這家餐廳很快就成了他的「飯堂」。原來這裏又是另外一個人的飯堂——導演費里尼。這位意大利國寶級導演，其代表作包括《大路》、《甜蜜生活》、《八部半》等，一九九三年奪奧斯卡金像獎終身成就獎。酒店老闆說費里尼晚年幾乎日日來，直至去世！也許他在 Dal Toscano 尋找到他的鄉味，至死不渝！

菜根香固令人回味。中國美食，確實引人垂涎。

俄羅斯總統普京今年五月訪華，他到訪黑龍江省哈爾濱工業大學時表示，前一天品嘗了北京烤鴨，直呼「太好吃了」。普京稱世界上偉大的美食並不多，但中餐是其中之一，而北京烤鴨舉世聞名，包括在俄羅斯。他透露他出席招待宴時，品嘗了北京烤鴨：「說實話，本來有兩塊，我原本只想吃一塊，但我忍不住，吃了第二塊，太好吃了！」

中國國家主席習近平在北京設國宴招待普京，菜單中包括：北京烤鴨、鴨醬生蠔、京蔥海參、海鮮醬蔬菜、蝦湯斑點鱸魚等中式菜餚。如今潮流，國宴已不像從前的「九大簋」，或如清朝時期的「滿漢全席」，據說盛宴至少會擺出一百零八道佳餚。如今國宴，不論中外，都趨向簡單幾道菜。宴請普京，除了一道北京烤鴨，算是肉食，也較為「油膩」。普京今年亦七十一歲了，不過身體仍健碩，相信皆因平時注意運動和飲食。普京說「原想只吃一塊烤鴨」，可見他確實於飲食上有所節制，之不過，那一塊北京烤鴨確實太美味誘人，還是忍不住食了第二塊！

從當晚國宴菜單，中方肯定也經過一番心思，畢竟上了年紀還是吃得清淡些好，是以其餘幾道菜，都以海鮮蔬菜為主，尤其京葱海參，工序較多，海參本身無味，要以上湯餵之：而海參中的膠原蛋白質、硫酸軟骨素等，對降低血糖頗有效。

中國美食，畢竟不只北京烤鴨，美國財長耶倫訪華，每次都大快朵頤。今年四月初她甫抵廣州，第一頓飯就跑去廣州老字號陶陶居飽嘗燒鵝、叉燒、冰鎮咕嚕肉、砂鍋雜菌、乾炒牛河等，看來她也「無肉不歡」，難怪身材圓滾滾，頗有財神福相！

耶倫應該愛食「人間煙火」，原來她二〇二三年七月訪華時，又是一落機就跑去北京一家雲南菜館，叫了滿滿一桌菜，豐富多彩：香草烤魚、薄荷牛肉卷、涼米線、酸菜炒洋芋片、炒牛肝菌、大理雕梅小排、大救駕（雲南著名傳統小吃炒餌塊），還點了「見手青」。據悉見手青若烹煮不當，會讓人吃了產生幻覺的菇菌。後來被記者問到，她說事前不知道吃見手青易中毒，並笑言自己並沒有迷幻錯覺，她相信那是間好餐廳，處理食材認真，不會有問題！不知道經耶倫品評並給予信心，這家餐廳會火紅起來嗎？

看來，文友若到中國旅行，切不可錯過民間美食！如今，老朽偶爾也跟老友記北上深圳或澳門覓食！老了，視茫茫齒搖搖而髮蒼蒼，仍然愛食，只要不貪「迷魂湯水」，哈哈哈，施伯看來人生仍然充滿力量和樂趣！

——稿於二〇二四年五月二十九日　野村

城市觀察

日本的性文化傳統

劉黎兒著的《好色時代》，其中一篇談「日本性與愛的文學與理論」頗有見地，她說日本的文學幾乎以愛與性為唯一的主題，不像英美文學以社會議題、人性、自然或個人啟蒙等為主題居多，大概只有法國和日本，一樣纏繞着愛與性不放吧！這是因為日本在儒家進入日本之前，便已經有一個自由開放的情色思想系統，而一直與儒家的束縛並行存在，這也是日本被認為「有禮無體」的地方。

在亞洲國家中，日本色情產業花招百出，日本人更被冠以「好色之徒」。難道日本男人真的特別「鹹濕」？

劉黎兒說日本在儒家進入日本之前，便已經有一個自由開放的情色思想系統，這是大有道理的，據長期製作主持《日本文化物語》的茂呂美耶（Moro Miya）說，這是明治新政府抑遏日本傳統性風俗的結果。日本傳統性風俗本來極為符合人性，也與多神教、母系氏族社會的日本風土對路，但明治新政府為了確立「文明開化」新社會道德，積極引進西方一神教教條的性愛觀與戀愛觀，崇拜處女膜，推崇戀愛與婚姻必須一致，強制國民堅守一夫一妻制，彈壓紮根於全國各地的性風俗……於是，本來光明磊落的性愛，變成偷雞摸狗的行為；本來公平合理的民風，淪為傷風敗俗的代表。

國家抑制國民人性，約束國民性慾，後果便是今日漫無止盡的色情產業。「壓迫愈大，反抗愈大」，確實有真理存焉。

日本傳統性風俗，在明治之前的江戶初期，可說相當開放——要言之，便是「夜這」（夜這い）。男子於夜晚到女子寢室偷香竊玉，黎明前離去的風俗，日語稱為「夜這」（Yobai），「這」是「爬」的意思，直譯為「夜爬」）。千年前的《源氏物語》就有記載，可見此習俗在日本根深蒂固。

日本歷史小說家司馬遼太郎在《歷史夜話》中提到，紀伊半島熊野地區的山區人家，夜晚都門戶大開，廚房爐灶上一定留有殘羹冷飯，並擱一副碗筷，以便黎明時分遠征回來的男子，可以任意出入各個人家充饑果腹。以上是遍佈全國各村落的通例，無論是東北地方、關東平原或九州地方，甚至眾多離島，「夜這」方式都大同小異。大都市的江戶（今東京）也一樣，婚前有所謂的「足入婚」，女子在婚前先住進夫家一段日子，合得來，再宴客公佈；合不來，拍拍屁股打包回家，相當於現代的試婚。也因此，不要說是重婚了，實質的三婚、五婚可以說是家常便飯。

明治新政府於百年前雖賣力移風易俗，但「夜這」風俗卻一直留傳到戰後五十年代左右才禁絕。

據顧靜編著的《日本禁書百影》（上海書店出版社）所云：戰前時期，日本出版的體制是事前審查制，並通過行政和法律的手段對被認為不良出版物進行禁止。明治時期日本政府的禁書，主要集中在查禁淫穢讀物，以及褻瀆憲法尊嚴等方面的內容。五十年代中期《查泰萊夫人的情人》一書的日文譯本出版，曾引起訴訟，歷時七載，在日本轟動一時。

明治時期的「禁慾」，切實違反了日本傳統性的風俗，諷刺的是，更使日本人走向色情產業的王國。據劉黎兒說，日本現在提供的不倫種類相當多，除了屬於新種的「女人倒貼的不倫」、「多邊不倫」（一位已婚者同時與多人交往，如日本自民黨幹事長山崎拓等），其他還有「雙不倫」（雙方均為已婚者）、「思想不倫」、「虛擬不倫」、「作為流行的不倫」、「自然不倫」、「積極不倫」、「消極不倫」、「低溫不倫」、「輕便不倫」等。反正日本人，尤其是女人，很容易製造許多名詞來描述自己所處的狀態，是創造名詞的天才，藉此來將自己的處境除罪化、中性化而且中立化（彷彿是發生在別人身上的事一般），讓自己能享受各種矛盾與煩惱，是受虐高手。

已婚男人的外遇，現代日語是「浮氣」（uwaki），紅杏出牆才用「不倫」（furin）這個詞。有趣的是，江戶時代的「浮氣」，意思是戀愛，「浮氣結婚」正是戀愛結婚，而人們對「浮氣結婚」的看法，不像現代人那般引以為傲。茂呂美耶指出，浮氣，顧名思義是「浮動的氣氛」，只因一時浮動的氣氛便結婚，當然不值得讚賞。她說：戀愛的確是一時浮動的氣氛，又如何要求對方天長地久，海枯石爛，除非與死亡僅有一紙之隔。

看來，當時的男人，為了一個女人，必定願意忍饑挨餓，翻山越嶺來「夜這」，不會像現代的男人，為了不倫之愛，而變成「火宅之人」！

法國文豪福樓拜（一八二一至一八八〇）寫過一篇小說〈感情的教育〉，故事背景是一八四〇年代（相當於江戶時代的天保十一年）的巴黎，一個學生費德列，他是個波希米亞式的文化青年，周旋於貴婦、別人的娼妓情人以及其他少女之間，但他那種不對任何愛情做出許諾的態度，最後卻使得所有的機會都擦肩而過。他與其朋友將一生過得糟亂無比，最後除了年輕時的記憶外，即一無所有。及至年華漸去，重遊妓館青樓，他和其友都承認在這裏，「我們曾有過生命最好的時光」。

相信江戶早期的男子漢，他們一生的無憾，最好的回憶必是「夜襲」，那偷香竊玉的過程，比起今天最激的 AV 女郎大混戰，肯定更值得回味。「夜襲」擺明「不倫有理」、「放蕩無罪」。女子即使懷孕，只要女子指名，彼男子就是孩子的父親，當時沒有血液鑑證，大和民族也不計較血統問題，孩子等於是村落的共同財產，誰當父親都無所謂。再說，女子也因婚前同時與無數男子有過親密關係，可以從中比較，挑出自認為最適合自己的夫婿。反正婚後還是有機會偷香，在當時，婚姻不是鳥籠，沒有必要拒絕。

如今的事實是日本每年有二十八萬對夫婦離婚，每三分鐘便有一對；結婚率下降，只有七十萬對成婚，出生率亮紅燈。

夫妻的「賞味期限」愈來愈短，此中問題確值得社會學家再深入探討。

原刊《地平線月刊》總第七十八期，二〇〇四年五月

布克獎與同性戀小說

英國文壇對布克獎（The Man Booker Prize）的重視，相當於美國的普立茲獎與國家圖書獎。兩年前加拿大作家楊．馬特爾（Yann Martel）憑《派爾的生活》（Life of Pi）獲殊榮後，有報道説，新贊助人表示，以後獲評選的作品要避免「浮誇、驚慄、自命不凡的小説」；評審團主席亦宣稱：布克獎此後將從流行小説中挑選佳作。

今屆的布克獎也有令人大跌眼鏡之勢——英國小説家艾倫．霍林赫斯特（Alan

Hollinghurst）擊敗大衛．米切爾（David Mitchell）和柯爾姆．托爾木（Colm Tóibín）等其他入圍的五位作家，以同性戀題材小說《美麗線條》（The line of Beauty）奪殊榮。

這是布克獎設立三十六年來，首趟把獎頒給一部同性戀小說。事前，今屆布克獎呼聲最高的是大衛．米切爾的《雲圖》（Cloud Atlas）；可是；它在最後一刻敗下陣來，有論者指出，或許與今屆布克獎評委會主席、英國前文化部長克里斯．史密斯（Chris Smith）不無關係——他是英國最早承認自己同性戀身分的內閣部長。米切爾的失望是可以想像的，這趟是他第二次與布克獎擦身而過，事關二〇〇二年，他曾以《九號夢》入圍布克獎決選，但終不敵馬特爾的《派爾的生活》。

《美麗線條》寫盡英國社會的物慾橫流、冷漠勢利的人情、嚴重的吸毒問題……題材確實甚大眾化。艾倫．霍林赫斯特現年五十歲，出生於英格蘭，畢業於牛津大學，曾任《泰晤士報文學增刊》副主編十三年。一九九四年其小說《折疊星》曾進入布克獎最後入圍作品名單；事隔十年，終憑《美麗線條》吐氣揚眉（這是他的第四部小說）。

英國的布克獎「走向人間」，事前其實亦有迹可尋，事關英國布克獎委員會於二〇〇四年六月初宣佈，二〇〇五年開始，除了現有每年一度的「曼布克獎」外，將再籌設第二個布克獎，每兩年舉辦一次，開放給全世界以英文發表小說的當代作家參賽，不僅包括美國作家的作品，也包括了各種英譯小說。

有關的消息曾經引起英語小說界一陣波瀾，皆因布克獎自一九六八年成立以來，歷來都僅以大英國協的作家為評審對象，和美國廣闊的文學市場彼此壁壘分明，井水不犯河水。

心水清的論者曾指出，早在二〇〇二年，布克獎委員會祕書馬丁．高夫（Martyn Goff）曾向媒體暗示，表示布克獎可能向外延伸，賦予美國作家參選的資格。此言一出，大西洋兩岸文壇為之騷動；有人以為高夫信口雌黃，不過為布克獎造勢；亦有人覺得此乃畫蛇添足，因美國本身已有無數個文學獎，與其再多出一個鼓勵美國作家的大獎，不如把機會讓給其他國家的創作者。

再說，許多美國境內的小說獎並沒有開放給外國的作品，英國的文學獎——何須讓美國作家摻上一腳呢？當然，也有人擔心：布克獎一旦開放給美國作家後，可能從此變成美國作家的天下！美國專門評選女作家小說的「柑橘獎」，自一九九〇年代末期後，便因為「過於青睞北美作品」的評選趨勢，而招致「打壓本土作家」的惡名。英美兩地的文學評論家，曾為此展開一場論戰。

不過，無論如何，高夫的傳言畢竟得到證實。布克獎確有邁向全球英語小說市場的決心。這項兩年一度的小說大獎，將以「成就獎」為評選標準。首屆評審團將由二〇〇三年曼布克獎的主席約翰．凱瑞（Jonn Karey）擔任召集人，預料於二〇〇五年初公開首屆入圍名單，並在數月後公佈最後得主。

得獎人將可獨得六萬英鎊獎金（約九十萬港元）。獎金直追諾貝爾文學獎，十分矚目。

同性戀的話題受到布克獎的青睞，相信有關的題材會繼續被追捧。

愛爾蘭小說家托彬（Colm Toibin）不久前便以詹姆斯為題材，完成了一部傳記小說《大師》（The Master）。小說發生在一八九五到一九〇〇年之間，多產的詹姆斯在這段期間面臨了嚴重的創作瓶頸，除短篇小說《碧廬冤孽》（The Turn of the Screw）之外，並無其他佳作問世，孰料後來卻連續寫出三部傑作：《大使》、《白鴿之翼》以及《金碗》。《大師》備受好評。好事的評論家不免拿托彬和詹姆斯這兩位同性戀作家相提並論，認為托彬乃是藉機將自己步入中年後渴望孤獨，又害怕寂寞的心聲表達出來，對詹姆斯的刻劃才能入木三分。

根據托彬的描述，詹姆斯突然文思泉湧，與他對幾位俊美紳士的交誼有關，年屆五十的詹姆斯對自己的性傾向終於有了新的覺醒，他並未向街頭或男僕群中尋找慰藉。一般印象中的詹姆斯，是個習慣於周旋在上流社會的紳士，然而，托彬筆下的詹姆斯，卻為了逃避親密關係而嫻熟運用機智社交技巧的人，因此，當女作家伍爾森（Constance F. Woolson）表明欲與詹姆斯發展友誼時，詹姆斯即對她疏遠、冷淡，以致伍爾森受不了無情的打擊，走上自殺一途。

《大師》以人物性格為依歸。評論家指出，其內容的精確，足以媲美任何有關詹姆斯的傳記，文筆精采，也不下於詹姆斯的本人的小說創作。

在華文小說的世界，白先勇的〈Tea for two〉和〈Danny Boy〉亦有所創新，這些都是值得關注的現代小說風貌。

原刊《地平線月刊》總第八十七期，二〇〇五年二月

閱讀隨想三題

（一）乞丐養生法狂想

許冠文唱「鬼馬雙星」特別有韻味，其中「人生如賭博，贏輸都冇時定，贏咗得餐笑，輸光唔使燚」，最為一眾馬迷首肯，此外亦有「做老千梗好搵過皇帝」，我則有保留，老千要「食腦」，不易做；依我看，做乞丐好過做皇帝，看官可聽過乞丐養生法？

沒有！那沒關係。方法簡易：餓了吃、渴了喝、累了睡。不須理會食要定時，營養要均衡，亦不須介懷每日有否八小時充足睡眠，早睡早起更當它放屁。老子就喜歡「山色無遠近，終日看山行」，大爺搖搖擺擺過日子，四面八方是吾家，故人不必為招魂，爽也！

我這人愛吃能睡，陸放翁〈睡味〉最合我心意，詩云：

相對蒲團睡味長，主人與客兩相忘；
須臾客去主人覺，一半西窗無夕陽。

酣睡得如此不知天高地厚，阿爸姓乜都懶理，舒國治的文章，常強調好睡的重要。據說，人在熟睡時，身體的裏裏外外、五臟六腑皆在一絲絲的修復。口內因火氣而生的潰瘍平復了，腰椎的疼痛也不痛了，肚子也不鬥氣了，可見休息是為了走更遠的路，一點也不做假；何況睡中有夢，更增多了心靈的旅程，哪怕是了無痕的春夢。人的一生，真正有好夢的時候查實不多，理應珍而保之味之。

我尤其相信：好的睡眠，令人的精神十分平靜，臉上全是淡泊之氣。一張焦躁的臉，有時是從小就睡得不夠，或是在媽媽懷胎時孕婦的精神沒得到安祥之調養。

職業司機和教師都需要優質的睡眠。要是有一部檢定睡眠質素機多好，司機出車前照一照，鑒定有充足睡眠才可以開始一天工作，敢信因打盹而導致的交通意外必大幅減少。至於教師嘛，檢定睡眠充足重要過 pass 基準試，滿臉倦容的教師，相信我，他／她一定不能春風化雨，疲憊令其鼓不起愛心！

長期睡眠不足是一種罪過！

（二）人生階段的鷹之啟示

人生如旅，時光如水，一切轉眼就過。杜甫說：細物推理須行樂，何為浮名絆此身。說得真好，人的生命只有一次，把握當下，去做令自己快樂的事，該是人生的關鍵詞，《古詩十九首》有句：為樂當及時，何能待來茲？

二十八歲的年青小說家九把刀說：如果你很幸運一直活着，人生有很多階段。有一段叫人莞爾：三十幾歲開始，有一成的人終能把理想實現，有八成的人，夢想就跟夢遺一樣遙遠。至於剩下的一成，則繼續不斷購買勵志作家寫的「如何成功」跟「如何談戀愛」。

大隱（解思忠）著的《人生篆書》，說他的筆名「大隱」乃取意於錢鍾書的「敢云大隱藏人海，且耐清寂讀我書」。一個人能耐得住清寂而專心誠意的讀書，確是一種高人境界，我自問愛讀書，卻有許多紅塵雜念放不低。

大隱結合中西文化，把人生分五個階段，要言之，即圓滿人生、缺憾人生、平庸人生、不幸人生和墮落人生。其後，他又作出修正，指出「事業無須驚天動地，有成就行；愛情無須死去活來，溫馨就行；朋友無須如膠似漆，知心就行；金錢無須取之不盡，夠用就行；身體無須長命百歲，健康就行。」

沒有人不希望有個「圓滿人生」，其最高境界是什麼？大隱認為從某種意義上說，圓滿人生的「三無而終」：即「無恨而終、無憾而終、無疾而終」。這「三無」非要「至人」的境界，否則不易修為。不過，無論哪一個階段，有時，必須如鷹，有置諸死地而後生的勇氣；話說翺翔長空的鷹，活到四十歲時，喙變得又長又彎，難以啄食，爪子開始老化而難以捕獵，翅膀的羽毛也變得濃密而難以飛翔。為了獲得新生，鷹便在懸崖上築巢而居，先用喙打岩石使之脱落後重生，然後用喙把指甲一個個地拔去，等新的指甲長成後又用它把翅膀上的羽毛，一根根拔去……大約一百五十天後，鷹便獲得新生，重新振翅飛翔，壽命也得以延續三十個春秋。

（三）生活玩家

一生遊走於中西文化的林語堂嘗說：我不依門戶，我不結群結黨，我照我自己的想法去做……我厭惡費體力的事，永遠不騎牆而坐，我不翻跟頭，體能上也罷，精神上的也罷，政治上的也罷。我甚至不知道怎樣趨時尚，看風頭。

這話一點沒錯；你讀他的書，如《生活的藝術》、《吾國與吾民》、《京華煙雲》

等，必定會輕易的發現，他一生最感興趣的是文學、藝術和文化，尤其對閒適的嚮往：一種超然古典境界、安靜平和，追求優雅趣味和風格的文人表現，再再道出他是一個平易近人的生活玩家。

韓良露最近在一篇文章特別強調，林語堂一生都把飲食當成重要的事情，他甚至說：人世間如果有任何事值得我們慎重其事的，不是宗教，也不是學問，而是吃（飲食）。他的閒適，亦表現在他對飲食的看法與見解。

林語堂反對餐飲禮儀，他覺得一個人如果只為了社交禮儀，喪失了做人的基本快樂，這是沒有必要的，所以講究禮儀的場合最好少去，或者不去。他也認同，池莉的味道：有了快感你就喊！日本人吃拉麵吃得「雪雪」聲，可真正領略吃的情趣。

林語堂又說：中國人懂得吃食物的樂趣，知道雞翅、雞腿最好吃的時候是用手拿起來吃，吃完還能一舔手上的雞汁；美國人如果吃羊腿必須拿刀叉在盤子上切，常常還要擔心骨頭會不會把盤子弄破，或骨頭會不會掉到餐枱上。他覺得西式禮儀當中，很多吃飯的方式基本上是虐待，是體罰，根本不讓你有飲食的樂趣。學貫中西、深得中西文化神髓的林語堂，其文化選擇無疑顯得視野廣闊、態度溫和。

筆者年少時最嚮往與《水滸傳》裏的一百零八個好漢同桌吃飯，尤其是「花和尚」魯智深的食相，每次他出外都要好好吃一頓！滿嘴油亮，雙手肥膩，肚凸鬚揚，兩眼放光，幸福——金燦燦的照得耀目！

人生，無論經歷什麼階段，喝湯的時候都要發出聲。

原刊《地平線月刊》總第一一五期，二〇〇七年六月

為何讀書人少寫書人多

卡爾維諾在短篇小說〈書痴〉裏，撰寫一位青年如何在與女士調情的懸疑時刻裏，還想忙裏偷閒的多看幾頁書。即使最終他和她擁抱並倒在氣墊上，仍不忘抽出一隻手來，將書籤夾在正確的頁碼。因為：「當心急火燎地想繼續往下看的時候，還得翻來覆去地尋找頭緒，那是可再討厭不過了。」

真實世界，恐怕是「情痴」多過「書痴」。據美國「國家藝術基金會」不久前公佈有關閱讀人口的調查報告指出，閱讀人口有明顯下降的趨勢。這份名為

Reading at Risk的報告，隨機抽樣了一萬七千名成年人，訪問他們過去一年中參與哪些文化活動？

結果顯示，僅有百分之五十七的民眾曾經閱讀一本書；相較十年前的統計，閱讀人口下滑了百分之五。閱讀小說、詩集、劇本等文學作品的更少，僅佔百分之四十七，比十年前減了百分之七。十八至二十四歲的閱讀人口下滑的比例更叫人憂心，從二十年前的百分之六十，降至目前的百分之四十。從有關的調查又顯示，女性比男性愛讀書，收入與教育程度也和閱讀息息相關，然而無論哪個族群，閱讀的人口都比十年前少。

這個調查引起美國出版界的關注，知名評論家安德魯．所羅門（Andrew Solomon）、哈洛．卜倫（Harold Bloom）等著文呼籲正視此事。

不過，在一片悲觀的論調中，《出版家週刊》的資深編輯Jim Milliott接受《紐約時報》訪問時表示，這結果並不算新聞，有書評指出，這調查着重的是文學作品，可是傳記、政論等非文學書類的銷售：其實逐年增加，也擁有固定的讀書群。

此外，有關的調查將「閱讀」界定在讀「書」，而不包括閱讀雜誌、電子書或網站上的資訊。

據一篇傳真報道，儘管閱讀的人口逐年減少，提筆寫作的人卻逐年增加。一九八二年，一百一十萬美國人表示自己曾經從事寫作；二〇〇二年提筆的人則增加到幾近一百五十萬人。看來美國人樂於抒發己見，當中一定有人冀望像瑪格麗特·米契爾憑一本《飄》而名利雙收，或者如《哈利波特》一炮而紅的羅琳女士。總之，愛寫書而不愛讀書是個值得探討的話題。

除了先前的例子，最近一本叫《達文西密碼》（The DaVinci Code，另譯達芬奇）的小說，二〇〇三年春天正式上市，兩天內就賣出八千本，直到一年後的今天，仍居《紐約時報》暢銷書排行榜榜首。寫這本書的作者丹．布朗（Dan Brown）原是個寂寂無聞的高中英文老師。

據英國《衛報》的報道，《達文西密碼》出版至今已在全球銷售將近千萬冊（本文刊出時突破千萬冊必矣）；光是在美國就已突破七百萬冊。這本小說帶動了同類小說的銷情，連帶把丹．布朗先前兩本滯銷的小說也推上暢銷書榜，就連書中提到的「羅絲林禮拜堂」，也吸引了大批慕名的遊客。

《紐約時報》的報道：這個座落於愛丁堡鄉間的小教堂，今年的遊客比去年同期增長了百分之五十六；英美讀者人手一書，興致勃勃按圖索驥，大家都希望破解書中的謎團。

《達文西密碼》儘管惹來不少劣評：如小說以荷里活電影《奪寶奇兵》為藍本塑造「哈佛大學教授羅柏．蘭登」為膽大過人的智慧型英雄人物；然而，書中情節人物正邪善惡太過分明，讀來了無新意。

此外，天主教為主的宗教團體，對《達文西密碼》的暢銷大感憂心，有關人士指控丹·布朗在書中提到多項基督教的疑案有扭曲史實之嫌，譬如書中稱「聖殿騎士團」是因為聖杯的秘密而遭到追殺。

然而，事實上「聖殿騎士團」是在十四世紀的宗教裁判中失勢，和所謂「聖杯」沒有關係。

《紐約時報》的評論亦指小說涉及的藝術史知識有許多錯誤，如達文西的畫作其實不多（他的素描則多），並非如書中所說的有「大量作品」。

無論如何，這本小說已使丹·布朗名利兼收，成為話題焦點。牛津、史丹福和耶魯大學合辦的一個教育網站，今秋將開設「打破達文西密碼迷思」的課程，由耶魯大學神學院院長親自解析書中各項真偽。

美國人熱衷寫作，「丹．布朗」現象也許也是催化劑。

說到讀書人口減少，不但歐美如此，日本出版人更面臨着空前困境，書籍滯銷不前。日本著名出版社 Misuzu 書房前社長加藤敬事便感嘆道：以前，出版業一直有一個相當穩固的讀者群支撐，例如 Misuzu 書房出版的人文及社會科學書籍，新書起印量最少是三千冊。

但是，隨着日本經濟趨緩的九十年代後到現在，這個數字已經減少一半了……，可悲的是，日本經歷了社會天翻地覆的轉變，出版業界似乎不再清楚到底哪些是他們的讀者，也不知道該從哪裏跟他們接觸。

北京「萬聖書園」現任董事長劉蘇里亦指出：在中國，各類媒體尤其是網絡的普及，使得年輕的一代，愈來愈少喜愛接觸「優秀閱讀物」。

就是以讀書為職業的在校大學生，也少有以閱讀學術思想類書籍為樂事的情況。舉例說，尼采的《悲劇的誕生》在十幾年前可發行十萬冊以上，而同類書籍在今天，能賣上一萬冊已屬不容易。時代真的變了，閱讀人口在消失，依我的觀察，最直接的原因莫過於流動電話的普及。

我在書冊上，見到日本三十至六十年代時，人們普遍求知若渴，有一幀圖片感人至深——一個母親左手抱着嬰孩，右手持着一本書，坐在舊式的火車上，專心致志的在閱讀；另一幀則是一個街頭小販，用貨車在販賣雜物，沒客人時便蹲在車尾持書閱讀。這些鏡頭如今已難得一見。

暑期到日本旅行，於東京地鐵上、街道上見到的再不是手持報刊的人，更多是攜着手機的少男少女，時代確實變了！

原刊《地平線月刊》總第八十三期，二〇〇四年十月

疫情下，談談情，寫寫詩

（一）

這陣子，新冠肺炎疫情持續嚴峻，比起上年初來得似乎更凶猛，因有變種病毒株殺入社區，搞到人心惶惶；加上通關一直拖延，想過一橋之隔的澳門吃碗水蟹粥，咬個豬扒包都難，內心一直有點衝動，想寫首詩一吐久未能出遊的寃鬱氣：

疫情爆得比煙花璀璨／限聚令晚上六時後沒有堂食／被迫做疫境廚神／野村有噴香的鑊氣／人間又有了煙火（限聚令變來變去，後來若放寬至四人一枱可堂食至晚上十點）

每天晨早閱報／要聞都是關於疫情／不是強制檢測／就是不明源頭個案增多／單係一個「跳舞群組」已害到社會雞毛鴨血／清零已成天方夜譚／想到一橋之隔的澳門食個豬扒包、喝碗水蟹粥、拉吓老虎機／已成遙不可及一個奢侈嘅夢

唉！政府無能／一味懲罰市民／生為港人／又怎能不只掛住呻香港／一個我們曾經引以為傲的家／獅子山下，再沒有不朽香江名句／什麼東方之珠，驟然變成悲情城市／沒有花市／沒有煙花／沒有花車巡遊／許願樹也封了

／夢已不會飛／我們還有新年嗎？

活着，呼吸隔着口罩／一年到晚都如此不暢快／庸官一直叫人不要家庭聚會／遲些可能就告誡大家／夫妻行房也要戴口罩／阿媽告誡阿女：奶奶罩可以不戴卻一定要戴口罩／疫情如此嚇人／與男友暫不宜脷疊脷接吻／隔住口罩說愛你／已是世紀最浪漫

嘻！想不到已無詩好一段日子，今夜竟然偶得之，疫情嚴峻下，抗疫疲勞好一段日子，詩，寫得粗鄙無文，自得其樂，並非言志，還請大家原諒！

（二）

好的情詩，意象必豐富，聯想力常使讀者低吟再三，而寫情詩，需趁早，試看以下兩則〈情話〉：

那時我便將收納／妳的微笑，並把它／掛成一串動人的／風鈴，在長句和短句的／行列中

妳輕輕地走過，／從地平線的那端／伸出溫柔的手指撫平／鬆軟的土地

而妳用釘書機把我的背影訂在／世界的盡頭，風乾

其二：「我不入眠是為了誰？」／以倒敘的口吻描繪／我們的故事譬如／

浪潮的游移／於是允許妳沉沉睡去／允許妳順着夜的脈絡／緩緩歸去
宛若一扇稀疏的紗門／所濾過的星光，將妳的鬢髮／裝飾得那樣精緻
且明亮

看官，以上兩則「情話」是台灣高雄左營高中二年級學生李奇威寫的，發表在《聯合副刊》（二〇〇五年七月十九日）。

十三、四歲的少年郎，與情竇初開的小姑娘談戀愛（也許是單戀），那種純情的思潮，澄明如水，那情，甜得膩人，微香得醉人。時光飛逝，李奇威如今應是個「三十而立」的青年，未知他還寫詩嗎？若然，詩風也許不再如此清純雋喜！

余光中於〈論情詩〉說：愛情是宇宙間最強的親和力之一，無論胎生卵化，莫不有情。即使整個宇宙，也得賴星際的吸力互相維繫。……愛情不朽，詩亦不

朽，只要世界上有人在戀愛，昇華地戀愛，就有人要讀情詩，要寫情詩。

少年人寫的情詩，畢竟與中年人的情懷有所分別，試看渡也五十多歲時寫的〈放煙火〉：

把衣服、耳環、手蠲、墨鏡手機、絲襪、高跟鞋丟向天空
把頭髮、眉毛、眼睛、紅唇
乳房、骨骼、心
拋上去
把愛、夢、喜悅、願望
火速射入天空
通通在夜空的子宮

詩人的豪情磊落、激奮澎湃的心情，於此披露無遺。渡也自稱是「情色詩人」，可他的詩，比起當年鬧得沸沸揚揚的所謂「下半身寫作」的詩人高明得多。狂野得來，動感如地動山搖，讀起來過癮之至！精神通透，血脈沸騰，即使夜冷風寒也不當一回事！

很久以前讀蕭蕭的《新詩體操十四招》（二漁文化），第十二招：嵌着「我愛你」的小情詩，實在過癮，教師於教授新詩時，大可以借鏡，好玩得很。

文章說：「我愛你」是情人間很想說出口的三個字，也是親人間一直沒說出口的三個字，如果藉由這種「嵌名詩」的方式創作一首我愛你的情詩，送給親人或情人，可以免除直接說出口的尷尬，可以增添談情說愛的趣味，何不試寫着一首「我愛你」的小情詩！記得要將「我愛你」三個字嵌在句首，讓不習慣接到情詩的親人或情人容易發現。等她習慣了這種情人間的小秘密，可以改變鑲嵌的位置，或句首，或句尾，或句中相關位置，或斜線相連，那又增加另一種遊戲的樂趣。這種詩還是叫「嵌名詩」，如果把這種詩叫做「隱題詩」，倒是更為切合了，因為題目真的隱藏在詩中，不像洛夫的隱題詩，詩的標題顯露在詩行的第一個字，再明顯不過的位置。

試看東海大學教授沈志方所創作的：

我不知道該用多少玫瑰的柴薪（意象）
愛才能煉成一丸不含淚意的金丹（對象）
妳，最後被一爐爐的灰燼掩埋（誇象）

還有許多示愛的佳作，像：

我手中的水晶不知道要切割多少回
愛才會從中變化成最堅硬無瑕的寶石
你就是不斷使我改變造型的工匠

我在天涯吶喊
愛，聽說沒有距離
你在海角是否聽見？

我要把滿腔膿得化不開的
愛，像毒品一樣，打進
你的身體讓你狠狠的上了癮

我在打轉
愛的洪流讓人迷眩
你是唯一的浮木

我佇立在無人的十字路口，等
愛亮起了紅燈
你，停嗎？

「我愛你」三個字的練習熟悉了之後，可以再加長詩句（詩題），如「你是我的至愛」、「你是我的唯一」、「你是我的巧克力」等等，大詩人洛夫也玩這種遊戲，以下是他寫的〈隱題詩〉，題「給瓊芳」：

你兜着一裙子的鮮花從樹林中悄悄走來
是準備去赴春天的約會？
我則面如敗葉，髮若秋草
惟年輕仍緊繞着你不停地旋轉
一如往昔，安靜地守着歲月的成熟
的確我已感知

愛的果實，無聲而甜美

這「嵌名詩」——你是我惟一的愛，寫得實在精采，愛詩的朋友，還不動手來玩玩！

老朽不寫詩久矣！今趟也湊興玩玩，寫一首「隱題詩」——「你是我今生的俏冤家」，希望大家就算不覺得我寫得好，也給點掌聲鼓勵鼓勵：

你的笑容
是我夢裏的水仙初綻
我一生的思念
今世都化成天空的雲影徘徊

生生不息，潮起潮落
的那端，濤聲劃不破我倆的盟誓
俏麗你的一個側影
冤悲奮發破蛹如彩蝶翩然而去
家裏牆角一枝紅杏明年知為誰開？

這首詩只用了十五分鐘，匆匆草就，新冠肺炎疫情下無聊之作，圖個自得其樂！

原刊《城市文藝》第一一二期，二〇二一年六月

夕陽西下，斷腸人在杏壇

——從「語言分析」說起

經濟學家熊秉元推崇李天命的語理分析，他指出李天命言詞犀利，見解獨特；某些雋言妙句，發人深省。譬如，他斷言：「大人犯大錯，小人犯小錯，準時的人準時犯錯。」這句話常令我發出內心的微笑，尤其每個學期初，校長必訓誡諸教師：不可體罰學生，準時上課。嘻！準時的人準時犯錯，不準時亦有道理存焉！

許多時候，如果我們小心推敲，不少金石良言是經不起「分析」的。我的不肖子電郵張小嫻小說的金句給我：「婚姻像穿鞋，好不好看別人知道，舒不舒服自己明白。如果心裏不甜，那杯咖啡再多的糖，也是苦的。……人生不在乎得到什麼，只在乎做過什麼。」兒子已到了談戀愛的年齡，體內的激素青春騷動，於是，他只執着於張小嫻的「舒不舒服自己明白」，老爹的話他哪會放在心上，何況，人生只在乎做過什麼！

當你一事無成、一無所有的時候，你自然會聲大夾惡地呼喊：人生不在乎得到什麼；可是，當你富可敵國時，回頭再說：吾視富貴如浮雲，這話便有了「深層結構」的意義，值得學子寫一篇博士論文去探究。

唉！「人在戀愛中是不會聰明的」，這話是培根說的，愛情中的男女總是盲目的，作為老爹的我，有什麼法力叫他睜開眼與他的女友接吻？陶醉在春風裏吧，有了快感你就叫，沒錢的時候你就找「邦民」吧！你恨我這個「窮爸爸」幫不到你吧！記緊祈禱，下世找個「富爸爸」，方便「生擒」你的所愛！

扯到語理分析，熊秉元教授又謂，日常生活裏，很多人遣詞用字時不加思索，「以熟悉為清晰」，結果反而是語意不明，這亦是李天命於語言分析（Linguistic-Conceptual Analysis）所稱的「迷糊的言語並不反映高深的思想，迷糊的言語只反映迷糊的腦袋而已。」熊秉元舉例，常有人正氣凜然地質問：「金錢重要還是朋友重要？」乍聽之下，金錢和朋友這兩個概念，都很熟悉、具體而明確，可是，這個問題本身，卻是模糊不明，何以故？

熊教授分析，因為金錢有多有少，朋友有點頭之交、也有生死之交。和點頭之交相比，大筆白花花的銀子當然重要；和生死之交相比，區區之數的金錢當然不重要。因此，問題的用語很熟悉，但是問題本身卻不清晰。

我們在運用語言和文字時，有多少人會提醒自己「要清晰、精確、合於邏輯」？而香港人的一般心態是——有錢有權有勢的，放個悶屁也是真理！李敖一生最痛恨無病呻吟的作家，他自己即使寫情書，也言之有物，常有精警之句，像：人生最後，必需有一種自我（不靠他人的）歸宿，則是智慧的決定。達爾文周遊世界後，「開花」於家園；馬克思鼓動暴力革命，「落草」於大英博物館。……（見《李敖為誰哭泣．給尚勤的兩封信》，帝國文化出版）。

當然，「語言分析」也可以很過癮。有人在網上虛擬「魯國曲阜縣人事局／中小學教師職稱評審辦公室」否決「孔老夫子申報中學高級教師一事」，指其各項條件達不到有關要求，經研究決定，暫不予以受理。大大幽了孔夫子一默，也開了現代教育「改革無方」的玩笑。以下是十點說明：

一、無國家承認的學歷、學位證書；

二、無國家教委頒發的教師資格證書；

三、不懂任何一種外國語（如英語、法語、日語、德語等）；

四、不會熟練操作使用電子計算機（即電腦）；

五、任教學科、學段不夠明確；

六、經常外出遊學，思想散漫，勞動紀律觀念不強，教學工作量達不到有關要求；

七、沒有相應的教學工作計劃及教學工作總結，平時教學「述而不作」，教案不夠齊全；

八、教學效果不夠突出，雖有弟子三千，但賢人才七十二人，優秀率僅為百分之二點四；

九、無國家出版社出版的學術專著（或學術論文）；

十、思想政治觀念不夠，傳播不健康的思想言論，如「唯女子與小人難養也」，帶有歧視勞動婦女的錯誤傾向。

鑒於以上十點，孔老夫子不但未獲批「中學高級教師」資格，且被要求參照以上十條意見，切實加強自身學習，努力提高教學業務水平與思想政治素質，積極創造條件。若條件成熟，再報有關機構另行審評。

筆者身為小學教師二十多年，如今面臨「殺校」的十面埋伏，在「教改」的虎口討飯吃，我深怕有朝一日要考「中文基準試」，而我的「作文」未能達標過關，試問如此出局赤裸獻世，吾有何面目見已是文學博士的昔日學生？對着這篇虛擬的遊戲文章，我感受特別深刻。活到一把年紀，才深切體會「夕陽西下，斷腸人在杏壇」的心境，能不潸然而涕下耶？

原刊《文匯報》，二〇〇五年三月二十一日

棄填鴨　懷念醜小鴨

安徒生（一八〇五至一八七五）逝世二百週年了！今年四月二日，以童話傳世的丹麥作家安徒生，就滿二百歲了。

眾所周知，近二百年以來，世界各地的兒童幾乎都讀過安徒生的作品，他留下來的一百七十多篇童話，被譯成一百四十多國文字；其中如《賣火柴的女孩》、《醜小鴨》、《人魚公主》、《拇指姑娘》、《國王的新衣》等，不但是家喻戶曉，更經常被小朋友拿來做「說故事」的題材，而大人們的床邊故事，很少沒有安徒生的經典童話，何況經由舞台劇、電影、電視劇、動畫和舞蹈等的傳播，安徒生所創造的故事原型，歷久而益芬芳，成為人類歷史最珍貴、雋永的智慧財富之一。

丹麥奧登塞（Odense）是安徒生的故居所在地，如今已設置紀念館，紅瓦黃牆，格局小巧。到過的作家成寒說，鵝卵石鋪的巷道窄得僅容行人走過，恍若置身童話的境界。安徒生很喜歡剪紙作消遣，剪出各式各樣的圖案。館內藏有不少他的作品，其中一幅《太陽的臉》特別放大，高高掛在紀念館的正門口上方。

安徒生的童話，有一定的社會背景與寫實意味。他嘗言：旅行就是生活。這話大有道理，吾友徐行如今便樂在不工作，邊旅行邊寫作，難怪作品多了生活化的味道，少了在故紙堆尋章摘句的框框。那時候，一般人並沒有機會像安徒生一樣經常到處旅行。

成寒說：安徒生故居起居室的角落，你會看到兩隻舊皮箱，皮箱旁有一把黑傘和一圈粗繩。這是安徒生出門旅行隨身必攜帶的三樣物品。那圈粗繩則有特別用途，萬一旅棧着火，安徒生就用它從窗口逃生。

不知是哪一位高手的譯名，安徒生果然「安逃生」，其「小心駛得萬里船」的意識值得吾人學習，試問有多少人於住酒店時，會特別小心翼翼地把逃生路、走火警通道細心的看一遍？

安徒生除了擅於營造童話的純真與現實生活的悲慘效果外，他也深諳繪圖，在海外旅行期間，所見所思所聞，無論是喜是悲，也不管是哀是樂，他都以素描代替筆記，這些素描成為他日後寫作的參考依據。

從圖片上可見安徒生的臉形很長，有點像馬臉，加上他個子高瘦，又有點像白鷺鷥。小時候他孤僻自卑，總以為自己像隻醜小鴨。他創作的《醜小鴨》童話膾炙人口兩個世紀——話說醜小鴨，起初是一隻來歷不明的天鵝蛋，一隻母野鴨把牠當成一隻鴨蛋孵出來，由於牠的體形過大，長相異於其他小鴨，便得了個「醜小鴨」的綽號；牠處處受到排擠和嘲笑，卻不忘堅持自我，最後變成一隻美麗的天鵝。

醜小鴨變天鵝，真實的人生不乏此類例子，我們的現實人生，有時難免受到「劣幣驅逐良幣」的不幸遭遇，不過，風雨過後，我們又多盼望有活出彩虹的一天！醜小鴨的精神永垂不朽！

安徒生的童話，其最大的魅力就是自然！蒙田曾說，教學之道就務在開發天然的性向；為此故，老師對學生務必觀其行、聽其言，而非不停地「把字句吼進他的耳朵，好像將水注入漏斗般」。一個好好教出來的心靈，在「造得好，而不在填得好」。果如是，就筆者二十多年的教學經驗，當今的所謂「名校」「名師」，鮮有不奉行「操練」學生務求凸出公開考試成績者，如此短視的教育觀點，確令人唏噓！

牢騷發完，回頭再拉扯安徒生的永恆光芒。在國際兒童文學界，早已建立了幾項褒揚安徒生貢獻的例行傳統，包括丹麥皇室設立已有五十年歷史的兒童文學大獎「國際安徒生大獎」。此獎每兩年在波隆納國際兒童書展頒發，其地位尊崇，向有「兒童文學的諾貝爾」之稱，得獎者均能躋身大師之列，像日本的安野光雅、瑞典的林格倫。

此外，目前已有六十九個會員國的「國際少年兒童讀物委員會」（International Board on Books for Young People, IBBY），於一九六九年起也將每年四月二日訂為「國際兒童閱讀日」，在安徒生的生日這一天，由各會員輪流贊助，舉辦活動提倡兒童閱讀。

為紀念這位不朽的兒童文學家，丹麥官方、皇室早在一九七七年已與該國學術界，合組一個專屬機構統籌安徒生二百週年誕辰計劃。「安徒生童話繪本原畫展」便是其一。這項原畫展在二〇〇〇年至二〇〇五年間，已巡迴了日、法、德、中、韓、台等，展出各國藝術家以相關題材繪製的二百三十九件畫作，包括安徒生在生時委託繪製的插畫家原畫，創作年代橫跨十九至廿一世紀。另外亦展出安徒生的手稿、書信、詩作等珍貴文獻。

最後，值得一提的是，香港郵政署也於三月二十二日發行一套剪紙藝術的「安徒生童話兒童郵票」，由中國藝術剪紙協會會長盧雪負責製作。盧雪的安徒生剪紙系列多達一百一十二幅，目前收藏於丹麥安徒生博物館。吾國與丹麥外交關係密切，丹麥總理不久前更親往北京任命籃球明星姚明、作家林煒等人為「安徒生大使」。

有論者指出，安徒生的童話曾經陪伴無數人的童年，當世界各國普遍面臨兒童愈來愈不喜歡閱讀的困境，此刻紀念安徒生，彷彿是在紀念一段閱讀的記憶。

如何讓「國際兒童閱讀日」推廣兒童閱讀的精神繼續下去？若然我們的教育工作者，只念念不忘對學生「操卷」、填鴨式的做大量「BCA」（基本能力評估）的補充，則紀念安徒生，即使有再多的活動，也難以產生真正長遠與實質的意義、效益。

原刊《文匯報》，二〇〇五年四月一日

M記滋味三十年

二〇〇五年四月十五日是麥當勞叔叔誕生五十歲的大日子。「金黃雙拱門」M字品牌加上麥當勞的血盆紅鼻小丑笑容，當日——無不在報章的國際頭條閃耀光芒！儘管環保人士、綠色力量、美食名人經常對「麥記」嗤之以鼻，尋且以「快餐即是快死」宣佈他的「七宗大罪」；然而，五十年來，「M」字招牌已在全球一百一十九個國家和地區豎立了三萬一千個，每天招呼四千七百萬客人，一年收入逾一百九十億美元（約一千四百八十億港元）！

一九四八年，麥當勞兄弟在加州聖貝納迪諾縣開設漢堡包快餐店，向駕駛人士提供免下車點餐服務。

一九五五年，這年的四月十五日，奶昔經紀雷文洛克（Ray Kroc）向麥當勞兄弟取得特許經營權，在芝加哥開設首家麥當勞快餐店。

一九六五年，麥當勞上市集資。

一九六七年，進軍海外，首家分店是在加拿大和波多黎各開張。

我的記憶如果沒有錯，麥當勞大概於一九七五年在香港銅鑼灣開首間分店。那年，我剛升上高中，在加路連山道（南華體育會對面）的新法書院唸中四，「麥記」開張首日，我便呼嘯約了男女同學十多人去捧場，猶記得那濃濃的奶昔裝在厚厚的紙杯裏，那飲管被啜得想撥動一下，似要花掉九牛二虎之力。總之，比初戀時慌張失神、手忙腳亂想撬開初戀情人紅紅的嘴唇還要難；而那漢堡包的滋味，大抵那件甜澀的青瓜比牛肉更易勾起少年不知愁的滋味！

那年，我「偷戀隔牆花」，麥當勞叔叔見證了我九彎十八曲的愛情路；不知道是不是這個緣故，我患上了「麥當勞情意結」。至今走南闖北，無論在歐洲或神州大地，一見到「M」字招牌，我便會迷迷懵懵的被吸進去！I'm lovin' it，腰圍三十八，依然無悔不棄，真係前世！

事實上，當你出外用餐，不幸碰上庸廚或名大於實的食府，這時，你的意識良知便會熱烈呼喚：真的不如來一客「麥記」！我情願讓巨無霸害一生！

據悉，來自潮州，一生愛打拼的「林伯」林百欣，生前午餐多是「麥記」魚柳包，晚飯則不可食無魚，並以魚汁撈青菜。如此，林伯精神奕奕的活了九十一歲！

像我這樣的窮鬼，午膳多是「巨無霸」，晚飯則在茶餐廳要一客豉椒牛河，一樣吃得豪氣干雲。若是開一瓶啤酒，更可以醉拍欄杆，擺出詩人一副超逸「搖蕩性情，形諸舞詠」的架勢，你說過不過癮！

麥當勞僱有員工逾一百五十萬人（連張曼玉也肯為他打工，不信，找陳可辛導演的《甜蜜蜜》一看便知吾言不虛），每天提供漢堡包及薯條給四千七百萬人，它推動美式文化征服全球，這必定有它的經營至理。打工一族，即使是管理階層，也不諱言「麥記」食物水準穩定，服務快捷，環境整潔。要言之，「快靚正平」是它五十年始終不變的魅力。

我最近在《新週刊》讀到一篇〈麥當勞叔叔指引我們生活〉的文章，作者的觀點尖新可喜，不妨錄一段與大家分享：幾年前看過一本書《社會的麥當勞化》，作者稱麥當勞原則即大批量、標準化、高效率已橫掃當今社會各個角落，成為政治、經濟、宗教等社會機構的行為準則。烤一個漢堡包所要求的標準化工序，同燒一個屍體所要求的一樣，只有這樣才能達到大批量、高效率。作者將納粹、泰勒、福特與麥當勞大叔串聯在一起，無論是納粹毒氣室，泰勒的科學管理，福特的汽車裝配，還是麥當勞快餐店，都遵從同一原則：大批量、標準化和高效率。醫療手術是人體拆裝，器官都是標準件；高等教育是肉類加工廠，出產統一規範的思想罐頭；工作場所是機械化擰螺絲，卓別靈深有感受；連做愛都標準化、程序化，「吃個快餐」不僅是色情行當的特殊暗語，也同樣適合週末夫妻、一夜情、網情兒約會。

作者於是指出——自從亞當．斯密將別針分解成十二道標準工序，人們終於找到了國富根源。麥當勞化包含着資本主義成功的密碼。那個笑容可掬的麥當勞叔叔首先是個偉大的經濟學家。

當然，針無兩頭利，漢堡包帶來高效，也順便帶來肥胖。

麥當勞主義為中國帶來巨大的GDP，也製造龐大的垃圾。

不過，當日本人為吃一碗拉麵，臉部表情誇張得欲仙欲死時，我倒深深感悟，漢堡包即是效率社會的新圖騰，那個金黃色的「M」字，彷彿有閃耀的光環。既然，即食麵在日本設有專門博物館，那麼，老美為何要謙遜，何不湊興搞一個大漢堡博物館，順道慶祝麥當勞大叔五十歲生辰。

原刊《文匯報》，二〇〇五年五月五日

香港的日本飲食文化追蹤

一九二〇年代灣仔的春園街，後方正面的樓房上，掛起了一塊「御料理」的招牌，相信是家日本餐館。照片中街上的光景，令人聯想到島崎藤村筆下香港日本人社區的環境。這是陳湛頤編譯的《日本人訪港見聞錄（一八九八至一九四一）上卷》（香港三聯書店）內收的一幀相片，距今已八十六年。「御料理」三字太小，肉眼難辨認，要用放大鏡才可窺見，反而左面伸出的「酒屋」兩字招牌，較清楚易鑒。

至於島崎藤村（一八七二至一九四三）是日本近代重要作家之一。他於一九一三年四十一歲時訪港，於《走向海》有一章提到赴法途中經港逗留的見聞，寫他從維多利亞公園出口朝市街的方向走，「希望能品嚐到令人懷念的食物。不久，我們便在陰暗的街巷裏左穿右插，情景跟在新加坡所見的一模一樣。想吃一塊生魚片醋飯（「壽司」），非來到這樣的街巷不可。……香港幾乎令人難以想像是南中國的一部分或英國的殖民地，日本港口城市或碼頭應有的東西，她無一或缺。」

九十三年後的今天，銅鑼灣一帶的居酒屋、日本料理、和食、壽司店、拉麵舖、割烹、鳥燒店、爐端燒可說是五步一樓十步一閣；單是魚一丁刺身居酒屋便有三家，分別位於世貿、羅素街、明珠城（今易名一山創作和食），上雅虎搜尋，銅鑼灣的各色日本餐廳有一百八十三間，比起粵菜酒樓還要多十間。筆者較常去的是魚一丁，貪其地點適中，食物水準穩定，價格亦相宜，兩年前要訂位並不容易，尤其是晚上七至九時的黃金時段，如今競爭激烈，也不得不變陣求生。壽司一直是年青一族的最愛，像時代廣場的元氣壽司、白沙道的峰壽司、恩平道亨利中心的壽司廣場等，常見人龍。

我讀陳嘉適的〈麻婆豆腐與日本壽司——中國和日本的飲食文化比較，兼論日本料理在香港流行原因〉（收李培德編著《日本文化在香港》，香港大學出版社），得益良多。文章稱，綜觀在香港有關日本料理的報道，壽司（壽司、鮨、鮓三日語名詞皆為壽司的同音異字），揚物（泛指天婦羅和其他油炸菜式）及燒物（包括燒鳥串燒）當為首選。

日本壽司的歷史，據考可追溯至中國古代食製，及至江戶前握壽司的誕生成長，日本壽司已發展成一獨立體系。其原料的處理方法、制作及調味方法，進食方法皆自成一家。在一般外國人眼中，壽司冷櫃及身穿白衣威風凜凜的板前（廚師）是構成了典型日本料理店風景的必要條件。陳嘉適指出：相對其他日本料理，壽司較早介紹到世界各國。在八十年代日本經濟席捲世界時，壽司以流行時尚及健康食品的定位風魔世界。同時壽司亦植根世界各地，產生出不同的地方口味。其中一個例子是加州卷（California Roll）。美國人在接受壽司同時，亦創作了加入牛油果、蔬菜及蟹柳的加州卷。九十年代中期，加州卷出口轉入口，作為新派壽司回流到日本。

青少年及白領麗人，很少不愛吃壽司的。劉黎兒說，好的壽司，那新鮮的魚片，既有適度的重量感，若是凝脂的部位，則會有性感的香氣，若是清瘦的部位，則會有一些輕微的酸甜留在舌尖；然後是山葵的清爽穿過鼻孔，這一齣甘美的戲劇性美味效果，化成十秒的電流，讓自己的舌頭、神經全部被電麻痺了。美食帶來的其實就是一種來電的感覺，所以也和感情一樣會形成一種記憶，有時好吃得讓人想深呼吸一下，惟恐忘記被這十秒的電流電到的幸福感，因此壽司或是其他許多美食常常是日本文學的題材。谷崎潤一郎（一八八六至一九六五）的《瘋癲老人日記》寫一位戀物狂的老人，用吃颯子吃剩的香魚及鯖壽司的嘴，貪婪地舔颯子的腳趾頭，在死後也想墜入此種恍惚忘我的境界。香港的有線成人收費電視節目，多年前曾經以女脫星的性感胴體作人肉壽司，極盡情色之娛。

九十年代初，日本料理在香港流行一時，經過回轉壽司熱潮的洗禮後（筆者當年也是元祿壽司的會員），壽司此一食制已深入民心，且已成為香港飲食文化的一部分。

在纖體、瘦身成風的香港，日本料理的清淡，較長於煮、炊、蒸、燒等烹調方法；再說，日本料理重視的是如何將食物原有的鮮味、色澤及口感帶出。其「割主烹從」大意指料理味道取決於材料的切割技巧及加工處理，加熱烹煮調味為從，其重要性亦次之。「料理」即準備食物，使可供烹調狀態的行為。

此外，日本料理的高湯「出汁」——主要以昆布（即海帶）和鰹（鮪魚類一種）；基本材料為海產類動物性蛋白質食品；相對於中國料理的高湯——基本材料為雞骨、豬骨及火腿，重動物性蛋白，味濃郁肥腴，中國料理在炒爆煎炸時，多以高湯吊味，這不符合瘦身纖體之道。日本料理在港歷經逾半世紀而不衰（一九五〇年代，尖沙咀日本料理店「松阪」開業），據陳嘉適的分析，港日經濟文化交流自一九六〇年代蓬勃，僑居香港的日本商人和到香港遊玩的日本旅客數目增加，香港本土對日本料理市場需求遞增。及至一九八〇年代初，在港日本料理店共計有三十餘間，大多集中在尖沙咀、中環、銅鑼灣等商業購物區。

如今，日本食店在港愈開愈多，上雅虎「飲食」搜尋，除了銅鑼灣的一百八十三間外，尖沙咀有一百五十七間，旺角一百零三間，沙田四十八間，中區五十六間，太古城也有十八間，合計已有五百六十五間！於此，可見和食在港人氣之盛。反觀日本，自一九九〇年代，隨着中國經濟持續發展，中國人旅居日本人數增加，日本對中國料理研究深化，中國料理真正植根日本。如今，中國料理並列現代日本三大菜系之一，其地位僅次日本料理、法國菜及意大利菜。《日本人訪港見聞錄》上卷提到一位實業家正木照藏（一八六二至一九二四）於一九〇〇年十月十二日乘「中山號」抵港，在港六日期間曾品嚐日本菜，更到「杏花樓」的中國酒家吃燕窩魚翅，感味道濃郁，滋味甚佳，足以下箸的菜餚不少。此位正木照藏一百年前時已有口福嘆燕窩魚翅，比起一般日本人要到八十年代中期才聽聞魚翅乾鮑的菜式，實在太幸福了！

原刊《文匯報》，二〇〇六年六月二日

手機短訊我愛你！

北宋政治家、思想家、文學家王安石（一〇二一至一〇八六）一首〈君難托〉，要是當年也有「手機短訊」這玩意，一定可以傳遍神州大地，皆因它寫盡了怨婦心態，彼此有共鳴也……

試擇句低吟：

槿花朝開暮還墜，妾身與花寧獨異。

憶昔相逢俱少年，兩情未許誰最先。
人事反覆那能知？讒言入耳須臾離。
嫁時羅衣羞更著，如今始悟君難托。
君難托，妾亦不忘舊時約。

手機短訊之為用大矣！它除了祝賀、拜年，更可傳情、寄意，尤其是一些愛在心裏口難言的所謂「情慾短訊」，示範如下：今夜月色何皎皎，家裏沒人，來喝杯茶嗎？太文縐縐了，吃不消！那還不容易：寶貝，想你，快來！

有論者指出，歷史已經成為聚不攏的碎片；呆在後現代文化的氣氛裏，可能是一個恰當的選擇。「怎樣都行」成為一個眾所周知的原則之後，贊同什麼或者反對什麼都是一種輕鬆的遊戲。例如，鋪天蓋地的手機短訊，存有各種不乏尖利的「段子」。然而，一顰一笑之後，一切如故。這些「段子」的短小機智，恰恰吻合後現代式零敲碎打的風格，沒有必要進一步捲入民族、國家、全球化或現代性、貧富懸殊、霸權主義這些大問題。喪失了歷史深度之後，反抗僅僅是一個沒有歷史積累的普遍性姿態。

我愛死手機短訊，皆因它不會如催魂鈴，失驚無神的教你猶豫：接還是不接——尤其當你在與愛人纏綿之際——怎麼就忘了關機？

手機短訊，據專家的新發現，通過短訊說閒話可以減壓。現代城市人，不說閒語幾乎不可活——通街大巷的講手機、公車上的鈴聲此起彼落，有些鈴聲，甚至是俗不可耐的「老婆老婆我愛你」……老天，大白天肉麻當有趣！

我的觀察，愈有說閒話的衝動。坦白說，我等俗世人，如何能有李太白的情懷：燈火輝煌的城市夜晚，怎麼每個角落，都是孤獨失落的人心？人愈孤獨，據一身自瀟灑，萬物何囂諠？至於淮南子的境界，那就更高不可攀了：神無所掩，心無所載，通洞條達，恬淡無事。唉，我們一日不說上一千幾百句閒話廢話，舌頭——彷彿就會結網生繭、長出青苔野菌什麼的？發短訊吧！遲些專家又會研究發現：多發手機短訊的人較不會染上焦慮症！同時，醫學界普遍認為多發手機短訊，可治老人痴呆症！其功效與打麻將防柏金遜症一樣！唯一不同的是：麻將要湊搭，四人才可過癮，短訊一人獨當，自家就可呢喃！

短訊閒話萬歲，我不介意每月繳交雙倍費用，它是我心靈的安慰、家庭醫生、青春秘方、健康之道。短訊短訊我愛你！

我說得比較抽象，還是女作家黃寶蓮分析得具體些：閒話不可小看，它在人類社會的功能，有如靈長類動物搔癢抓虱的習性，都是一種私密的滿足和自娛，根據社會學家的研究，閒話可以製造安多芬，還可以解除壓力，從而增強抵抗力，溝通疏離破碎的現代人心，讓人類回到工業革命之前親和的人際關係。

要不是專家的分析，我們也真是想像不到手機短訊已變成解壓器，一機在手倍輕鬆，也難怪我班上的小六學生亦人人一機，有道理。女作家說手機短訊，也可以有效地鍛鍊年輕人的社交技巧，尤其是那些生性內向，羞於啟齒或短於社交的人，手機短訊起碼避免他們陷入孤僻自閉的生活方式。根據調查（感謝調查這玩意兒，否則這篇稿怎寫下去）：男人和女人一樣喜歡閒話，百分之三十三的男人，每天多少都在手機上與人交談各種無關工作的私人話題，女人反而只有百分之二十六的比例。合理的解釋是：女人即使沒有手機，一樣可以天南地北，從三姑扯到六婆，由失戀喊到失婚，七嘴可以變成八舌，滔滔口沫可以噴成錢塘怒潮。

說來說去，這是個告白的時代，我們的潛意識或多或少都有向他人透露秘密的慾望，是以風水師睇相佬問米婆個個發過豬頭。有愛，需要告白：大師，我該愛金融才俊的C君還是愛揸波子的L君？傻女，C君連幫才子磨墨的資格都欠奉，你難道相信他會變成金大俠？上那火彤彤的波子吧！做了闊太才給我利市！至於尋尋覓覓，四十過後還找不到春天，那自然要告解：我會遇到神龍島、桃花源上的首富嗎？讀劉黎兒的書，知道日本的電視節目很流行「愛的告白」；「告白」幾乎都用在愛情上。三島由紀夫的《假面的告白》，便透露自己的同性戀傾向。

據劉黎兒說，告白是吐露自己隱藏的內面。日本人的研究指「告白」於《晉書》中已出現，然一直都是告知、公布的意思，有像一七七〇年盧梭的《懺悔錄》般confession的告白，則是明治時代的事，幾乎要到一九〇九年時，這一年也是森鷗外發表告白小說《半日》以及告白自己性愛初體驗等的年頭，離《懺悔錄》相當久，而且一直到一九一三年，「告白」的意義才告落定寫在辭典裏。

日本的近代文學和現代文學，幾乎都是告白文學；而在手機短訊橫飛的年代，告白的速度自然比出書快；懺悔快，重新做好人的機會也快，我們不需要過於慨嘆人生苦短，為歡幾何啦！

原刊《文匯報》，二〇〇七年五月二十二日

塗鴉藝術的聯想

「九龍皇帝」曾灶財「駕崩」，其「御筆」留下的墨寶是否藝術卻有相當迴響。陳昌敏在他的「博客」不滿存心不良的「學者」、學院中人給他包裝，忽然成為矚目的書法藝術家。陳昌敏則認為曾灶財的字是無意的、靠本能去寫，其字無神韻無激情；即使有人覺得「皇帝」的字有圖案感，那也只是低層次的藝術，不值得如此吹噓。然而，也有網友為「皇帝」譜歌鳴不平：老伯手字，很真摯，但政府介意。政府介意又如何？怯於專欄作家輿論的狂呼叫好，「九龍皇帝」留下的「御筆墨寶」，應聲變成一級古跡並自然地成為「集體回憶」，香港忽然變得如此有趣。

叛逆少年時偶爾也在廁所牆壁門板上塗鴉，所塗自然不是「天下英雄豪傑到此俯首稱臣，世間貞烈女子進來寬衣解裙」，橫批「天地正氣」；或者「腳踏黃河兩岸手拿機密文件，前面機槍掃射後面炮火連天」，橫批一字「爽」！少不更事，頂多塗一兩首歪詩：人生自古誰無屎，誰說拉屎不用紙；假如你都不用紙，除非你都用手指。自顧自地笑了，抽起褲頭，噴一兩句即興打油詩：同學少女多波霸，日日愛食巨無霸，秋波亂送戲死人，要我做你裙下臣。吹一曲口哨《何日君再來》，嘻，外面陽光燦爛！

塗鴉的並非多是下里巴人。黃侃便是其中一人，他與辜鴻銘、劉師培曾被稱為北大「三怪傑」；又與章太炎、劉師培稱為「三瘋子」。黃侃在北京時，借住在吳承仕（簡齋）的一所房子，兩人相交甚厚，均為章太炎學生。後來不知何故吵架，吳承仕叫黃搬家。黃侃搬走時，爬上房樑上寫下一行大字：「天下第一凶宅」，然後擲筆而去。亦有傳聞，黃侃於搬走時，用毛筆蘸濃墨在房間的牆壁上，寫滿了帶鬼字旁的大字；眾人見滿壁皆「鬼」，黃才得意揚長而去！學者的小器，竟有如此者！當然，這或許是「君子絕交，不出惡聲」的黑色喜劇。

另一怪人劉師培，其塗鴉軼事亦可一記。話說劉師培的字，其醜其怪於北大文科教員中，堪稱第一。周作人曾揶揄曰：劉的字，寫得實在可怕，幾乎像小孩描紅相似，而且不講筆順。北方書房裏，學童寫字，輒叫口號，例如「永」字，叫「點、橫、豎、撇、挑、劈、剔、捺」。劉卻全不管什麼筆順，只看方便有可以連寫之處，就一直連起來，所以簡直不成字樣。當時北大文科教員裏，劉師培的字要算第一。周作人的蠅頭小楷漂亮俊秀，他看劉的字自然特別不順眼；劉卻自我感覺良好，有時連其夫人也嘲笑他鬼畫符，他還不服，說自己的書法有佳趣，惟章太炎知之。劉更一度有賣字的想法；其自信一如「九龍皇帝」之宣示「主權」，並強調自己的書法樸拙可喜，惟食家、專欄作家、藝評人劉健威知之。此世有伯樂而後有千里馬之現代版本乎？

人走茶未涼，祝福你，九龍皇帝！

說起塗鴉藝術，最近於《新週刊》拜讀陳漠的大作，乃知塗鴉千真萬確，不可等閒視之。話說英國有位塗鴉大師，其大作由英國各大城市噴塗到美國紐約的外牆上，他的簽名「班克斯」引來尖叫與轟動。喜歡班克斯的人譽他為「藝術英雄」，討厭他的稱他「該入地獄」。藝術一如選美與徵文評審，總有點主觀。英國一個針對十八到二十五歲的年輕人的藝術調查顯示，班克斯在他們心目中排在第三位，比達·芬奇還要靠前。班克斯上年九月在洛杉磯搞了一個名為「剛好合法」的個展，他善以政治不正確的方法來表達政治主題，他在建築物上的塗鴉很多都充滿暴力的政治隱喻：小孩拿着插上導火索的冰淇淋、女人懷抱着炸彈露出甜蜜的笑容、街頭戰鬥者投擲的卻是鮮花。

「最緊要好玩」使班克斯創意無窮，其通達情懷，使其塗鴉「汪汪如萬頃之陂，澄之不清，擾之不濁，其器甚廣，難測量也。」前輩說：一個通達的人首先必需「大」，這個「大」是經由觀察、學習、體驗、歷練、研習與懷疑的長久互動而得之。證諸班克斯，庶幾近矣！論者指出他的作品都和周圍環境結合得很好，甚至還考慮到建築物的材質、畫面和環境細節的融合，最終營造出意想不到的趣味。精彩塗鴉學問大矣！班克斯令人擊節讚賞的傑作如：把蘇格蘭高地上的巨石陣裝飾成一圈小便池；在西倫敦的維多利亞湖裏裝上鯊魚背鰭。他到處噴塗的著名老鼠形象，絕非過街老鼠而是經常和建築物上的水管、鐵門、標牌等結合在一起，譬如一塊「禁止球類遊戲」的標牌下，班克斯就噴了一隻玩球的老鼠。魚不過塘不肥，班克斯在大西洋那邊受到的追捧比在老家倫敦熱烈得多，其洛杉磯個展首日就賣掉二百一十萬英鎊，塗鴉真的有價。今年年初《紐約客》更用了七大頁報道班克斯，人氣之旺，令英國人為之吹縐一河泰晤士水！

陳漠又擺出事實，他指美國向來是塗鴉的寶地，遠在一九八〇年代，讓．米歇爾．巴斯奎特（Jean-Michel Basquiat）就以街頭藝術的草根英雄，復興了美國的塗鴉文化，同時代的還有凱斯．哈林和肯尼．沙夫。二十多年過去了，三人早就是塗鴉的殿堂人物。巴斯奎特最重要的紙本作品，拍賣至七百萬美元以上。二〇〇六年「讓．米歇爾．巴斯奎特紙本回顧展」來中國巡展，光保險額就高達九千萬美元。

塗鴉真係藝術，街頭確有文化。曾灶財最後遺作「黃色迷你兵馬俑」拍賣，高出底價一百倍，乍看以為強勁無比，最終只不過以十萬一千元成交而已。城中富豪只愛絲網的毛澤東肖像，對「九龍皇帝」看來興趣不大，否則這「兵馬俑」最少值一千萬元，如今成何體統！教朕如何下台！來人，給我預備絲網，把朕的肖像刷上去，變成「檸檬九龍皇帝」，屆時拍賣，必以天價三億元成交吧！否則如何追上國民消費指數！

原刊《文匯報》，二〇〇七年九月五日

廁所革命與趣聞

二〇〇七年諾貝爾文學獎落在八十七歲（十月二十二日滿八十八歲）的英國女作家多麗絲・萊辛身上，從年齡的角度推測，那自然是「爆冷」，因自從一九九〇年頒給時年八十六歲的墨西哥詩人帕斯（Octavio Paz）之後，就再也沒有頒給八十歲以上的老作家了。在未揭盅前，全球最大博彩網英國立博賭盤看好美國的菲利普・羅斯（Philp Roth），而村上春樹亦躍升至第二名。我相信，只要村上春樹夠長壽，憑他對長跑的堅毅不屈與寫作的熱情和才華，加上他的國際視野、題材多元豐富可觀，很大機會贏取此項殊榮；今年才五十八歲的村上春樹有的是時間。

《讀書》七月號（二〇〇七年）有林少華一篇〈村上春樹的中國之行〉，其中一段提到中國人的髒亂，村上以辛辣幽默的筆觸道出：從大連開始被塞進擠得連廁所都去不成的、堪稱中國式混亂極致的「硬座」車，搖晃了一夜十二小時，累得一塌糊塗。到達長春站時，覺得腦漿組織也好像隨同周圍洶湧澎湃的情景而大面積重組一遍。有人滿不在乎地從窗口扔東西，若開窗坐在窗邊，有時會遭遇意料不到的災難。很可能受傷，下場更淒慘亦未可知。

以上一段話，村上所記是一九九四年六月，隨着改革開放及成功申辦〇八奧運，中國已大致把衛生搞好。而廁所的整體衛生，端賴內地大丈夫頂天立地方便時，跨出「一小步」，成就文明的一大步！經濟起飛，廁所衛生不能原地踏步。事實上，內地許多賓館酒樓休閒水療場所，在衛生上都予人耳目一新的感覺，深圳的皇室假期是港人愛去洗腳按摩的休閒地，我也常去，貪其廁所乾淨，沒有一般場所即使乾淨卻有尿臊的騷味！

說到廁所的乾淨衛生與現代化，日本認第二，恐怕沒有人斗膽認第一。我愛戲言：老人家最佳的旅遊國首選必是日本，皆因思想上可放下「人有三急」的包袱，日本舉國皆予人「方便」，每個地鐵站都不難舉頭望廁所，德政也，哪像香港那樣隱晦真是肚痛呱啦啦急起來，「借」得來已一褲都係矣！少租出一個商舖，在人流多的地鐵站搞一兩個廁所行行好，好嗎？否則香港無論如何談不上「好客之道」。

日本有個叫石田裕輔的旅行家，用上七年半時間，踩單車環遊世界八十七國，綜合各地所見所聞，寫成《最危險的廁所與最美的星空》，內裏提到在西非布吉納法索某個小村子飯館後如廁的恐怖經驗——那所謂廁所只是簡陋的圍板，沒有排泄洞口，也沒堆積糞便的痕跡。原來，當他就地解決時，牆的另一邊忽地探出一隻豬頭，嘴邊露出山豬般的尖銳獠牙，口水紛紛滴落，在沾滿泥巴的臉上只有雙眼發出詭異的光芒。作者寫道：

我真的覺得有性命之憂，如果就這樣放任這隻肥豬入侵小屋，為了吞食糞便，牠大概會毫不介意地一頭鑽進我的屁股底下，接下來該不會就舔起我的屁股吧？不，這還好，要是一個不小心，那對獠牙戳進來的話……我的下半身忙着解決內急，上半身不斷往肥豬扔石子，每次肥豬都會暫時乖乖地躲到牆壁後頭，沒多久又氣喘吁吁地探出頭來。這場攻防戰持續片刻，我終於完事了，拉上短褲衝出去，牠立刻轉移陣地，衝進廁所裏，用驚心動魄的狠勁開始吞食我的「分身」，看到這一幕，我的膝蓋好一陣子抖個不停。

石田裕輔的如廁驚魂寫得生鬼，使人感同身受；我小時候在農村，也見到鄉人養的唐狗，每見有小朋友在地上大便，也是急不及待的忙着舔那猶有餘溫的糞便，尋且順道舔小孩肛門上黃金金的餘便，如今思之，不禁打了個哆嗦。石田裕輔不忘加上一筆：「西非各國因為幾乎都信奉回教，不吃豬肉。不過在布吉納法索的村子裏，倒是有攤販在賣豬肉串烤，我興高采烈地買了一大堆，才吃了一口……」他想起作家開高健的書，裏頭提到日本岡山縣所產的高級桃子，當地農家據說在肥料中混入烏魚子和烏賊鹽辛，如此一來，桃子就會特別香甜。布吉納法索的豬肉，為何如此別具風味，他大概知道什麼一回事了！

當然日本人也並非無懈可擊，谷崎潤一郎（一八八六至一九六五）寫的《陰翳禮讚》，就在書內提到他乘火車旅行時，火車的廁所都有沖水設備，讓人在每次使用後好好沖洗，而且也寫着警示標語，可是真正實行者不及百分之一。不，不僅如此，許多乘客在洗臉台洗臉後，髒水也不沖，便一走了之……人人見慣不怪，無人引以為恥，這樣的「文明國民」，不得不說實在不可思議。谷崎潤一郎所寫的，是五六十年代的日本，如今，在教育及反思下，日本人確有公民整潔守法的意識。谷崎潤一郎又稱：高尚的人家自會發出高尚的氣味。因此只要聞一聞廁所的氣味，就大概可以了解房中人的人品，可以想像他們是如何生活，名古屋上流家庭的廁所，據說大都散發着一股細致優雅的氣味。此衣食足而後知「善後」焉！

原刊《文匯報》，二〇〇七年十一月二十五日

我為雞豬鳴不平

馮唐說他喜歡豬和蝴蝶。他在〈小豬大道〉一文如此披露心迹：我喜歡豬早於我喜歡姑娘，我喜歡蝴蝶晚於我喜歡姑娘。豬比姑娘有容易理解的好處；穿了哥哥淘汰下來的太舊衣服，站在豬面前，也不會自卑。

豬可以看，可以摸，還可以啃，啃了之後，幾個小時不餓。豬直來直去，餓了吃，困了睡，激素高了就拱牆壁，不用你猜她的心思。豬比較胖，冬暖夏涼，夏天把手放到她的肉上，手很快就涼爽了。豬有兩排乳房，而不是兩個。等等，這些好處，姑娘都沒有。

戀人愛以「小豬豬」相暱稱，原來大有道理。不過，自從發生「豬鏈球菌殺人事件」後，「小豬豬」已不敵「小狗狗」、「小癡癡」矣！

事實上，不單是豬，還有禽流感、瘋牛症……要言之，一切肉食似乎都是健康的敵人。專家說，為了口腹之慾，我們肆意擺佈、操縱作為家禽的動物，火雞被培育出碩大的胸脯（又不是去參加選美），幾乎無法保持平衡站立；刻意繁殖成超長身形的豬，連支撐自身的重量都成問題；乳牛通常應該有二十年的平均壽命，現在被培育成為高產奶牛，為使產乳量進一步提高，又肆意的加上激素與高蛋白飼料。

再說雞肉吧，人類現在所消耗的雞肉是二十年前的五倍多，平均每年在雞肉上的消費額達三百五十億港元；而這些雞肉全是工業農場提供的。讀古詩，詠雞名篇琳琅滿目：

荒路曖交通，雞犬互鳴吠。（東晉・陶淵明）

半壁見海日，空中聞天雞。（唐・李白）

群雞正亂叫，客至雞鬥爭。（唐・杜甫）

買得晨雞共雞語，常時不用等閒鳴。（唐・崔道融）

峨峨赤幘先群輩，喔喔長鳴蓋四鄰。（宋・陸游）

半夜聞雞欲起舞，把酒問天天不語。（清・蒲松齡）

詩人所感詠之雞，肯定全是「走地雞」，用水蒸之或以燙水汆之浸之，必定原汁原味，嫩滑無滓，香噴撲鼻。

如今之雞，飼於科技化的工業農場，一切自動化，從供暖、通風、供應水和飲料，無一例外；再說，基因工程日新月異，我們已可選擇基因優良的雛雞，使牠在最快的時間內，增長至最大體重。往日浪漫的田園，詩人筆下的「雞鳴桑樹顛」，畫家潑墨揮毫下的小雞覓食圖，已被現代冷漠的工業農場所取代！

禽流感一役，雞隻動輒以數十萬數百萬、甚至數千萬隻被毀滅！如此「雞劫」，「聞雞」誰會「起舞」，誰會再以「雞窗」為書房的代號？雞的五德——「文、武、勇、仁、信」，就這樣毀於現代文明科技，這「德禽」病變得比喪屍更可怕，買活雞要隔着玻璃，再沒有師奶大嬸阿婆對住雞屁股，屏息暖暖的吹一口氣，然後露出一隻半隻金牙，笑咪咪的說：老闆，黃油油的，就要呢一隻喇！之後滿足的往衣襟的暗袋掏錢，一面大喝：隔半個鐘回來攞！

「我有迷魂招不得，雄雞一唱天下白」，俱往矣！

當然，除了雞，豬的命連，也衰到「貼地」。遙想豬與吾國的飲食文化淵源至深（筆者曾為文，寫了一篇〈豬頌〉，收《野外茶話》，香港作家協會出版），我們是個愛吃豬的民族，拜神敬祖必備燒豬，煲老火湯也少不了牠。蕭乾主編的《近現代新筆記叢書》（商務印書館），介紹西安著名風味小吃葫蘆頭。它是由唐代「雜糕」、「煎白腸」演變而來。以豬腸子為主料，配以白肉、肚子、雞肉、骨頭和調味品，熬製成湯汁，用這種湯汁把粉碎的豬雜反覆冒熱，使湯味浸入饌內，叫葫蘆頭泡。其味有麻辣重和清淡爽口兩種。形、色、香、味俱全，肉肥而不腥，湯肥而不膩，味道十分鮮美，老少皆宜。

我極愛吃肥滑的豬大腸、牛腸、鵝腸，炮製得宜，確是人間美食。家母生前，愛以豬大腸灌糯米伴以青葱與豆腐，一起燉。小時候一口氣可以連吞三、四條，吾母並說如此妙製豬大腸可去辛勞積鬱，是耶非耶，我哪懂得去考究，總之吃得一臉幸福。

想像中，這葫蘆頭比家母的灌豬大腸複雜得多。相傳是唐代藥聖孫思邈到長安一小飯店吃豬雜，發現湯的味腥油膩，於是把自己烹製腸肚的經驗告訴店主，還送給一個藥葫蘆。店主按照其傳授的方法，先後通過十二道手續處理腸肚，又從藥葫蘆裏倒出花椒、大蒜、桂皮、小茴香等調味品入鍋烹製，頓時香氣四溢、湯鮮味美。

如今，雞與豬，竟淪落至如此不堪，孰令致之？嶺南派大師楊善深繪過一幅豬圖，把豬的沉實樸拙巧妙的渲染出來，瞧牠趣致的傻態，難怪西方會有「迷你寵物豬」的出現。至於西洋畫家！善以豬入畫的，不能不提法國印象派大師高更的作品，他的《布列塔尼與豬》，色彩華麗，兩頭赤色的小豬夾雜在翠綠的原野，把鄉土藝術發揮得淋漓盡致。此外，《亞楓橋上的豬》和《瘋狂戀曲》，也使人過目難忘。尤其是後者，豬竟也是重要的點綴，浸淫在瘋狂戀曲的男女，也許都如豬的傻傻戇戇，拙稚而可愛。

《新聞週刊》曾為各類寵物評級，給亞洲壺腹豬（一九八五年引進美國）的評語是：乾淨、聰明又善交際，給予牠四星級的高級寵物。一下子，豬從髒臭形象，搖身變成高級寵物，價格最高時曾喊至二萬五千美元。一些地方政府甚至修改法規，准許人們在住宅養豬。當年，《豬》雜誌雙月刊應運而生，新噱頭是推出豬熱線電話，回答有關豬的各項問題。

二十年前，可說是豬的光輝歲月！

然而，在「速度就是一切」下，豬與雞竟都活出一身令人聞之喪膽的瘟疫。這是牠們的錯嗎？

邱吉爾觀察各類寵物後有所發現：狗抬頭看人，貓低頭看人，只有豬，平視看人。如此不卑不亢，比「人類」更懂得追求平等的眾生，你說，我們是不是要向豬學習，尋且拜豬為師！

原刊《作家》總第四十三期，二〇〇六年一月

北角之「春」

我對北角有一份特別濃烈的感情，唸小學時，母親帶着我寄居於糖水道姑母家，那是「房協」的廉租屋，上世紀六十年代倒是相當不錯的房子，每層樓有八個單位，每戶兩房一廳，獨立廁所廚房，大多數房間向正北角碼頭，可以觀賞無敵海景，夕暉斜照，歸帆點點，更為怡人。

其後，母親惡疾纏身回鄉醫治，不久病逝，我一個人搬到和富道居住，那年是一九六七年，我剛升上中學。三十多年前的北角，糖水道近海傍，除了停車坪便是一列大牌檔，一直橫跨馬路，伸延至渣華街。每天早晨，我多在這裏嘆奶茶吃蛋牛治看報紙，有時又會到渣華街馬路旁一檔吃白粥油炸鬼，粥檔一家五口，令我印象難忘的是三姊妹，大的不逾十七歲，小的十三歲左右，年齡與我最接近；三姊妹長得亭亭玉立，小的那個笑容可掬，日子有功，經常主動的向我搭訕，小子其時正值青春騷動，嬉笑捉狹下難免有多少「肌膚之親」，少年情懷，雖不懂何謂「一枝濃豔露凝香，雲雨巫山枉斷腸」，卻有不少「幸福的幻想」，夜半頭一趟夢遺，快感中依依有種無奈的失措。「人之初，性本善」，獨居中間房的我，於漆黑暗夜中，只好自己開解自己。

如今糖水道渣華街一帶，已建成縱橫的天橋與高速公路，呼嘯的車聲引擎代替了昔日大牌檔人聲鼎沸的熱鬧喧嘩，夜市滾油火旺的炆炸煎炒，空氣中永遠瀰漫着一股「人間煙火」，那掌鑊的一身油汗若滴，爐火呼呼，烈焰紅紅，但見他把薑葱蟹兜上抛下，鏗鏗有聲，滋滋香味散溢於夏天的夜空，海風徐來，怎不叫人饞涎欲滴（那時有一檔叫「祥記」的，鑊氣尤佳）。

糖水道——留着我許多少年的美麗印記。

往後，我搬到和富道八十八號三樓居住，那裏，對着「北角貨倉」，一列舊式唐樓（四層高連天台），從街頭的和富大廈伸延至如今的和富中心。三十多年前的和富道，謐靜祥和、唐樓下騎樓底不乏住家式的工廠、士多、車行，馬路上汽車稀疏。那時，既是精力旺盛的初中生，晚上睡不着，只好沿着馬路來回跑圈，更多時候，夏日燠熱焗悶，沒有冷氣單靠一把國產華生牌的搖扇，如何消暑？漫漫長夜實在難熬，是以我愛跑上天台，只穿波褲赤裸胸膛躺在矮石欄上，遙看詭秘的星空，少年的我「無聊才讀書，苦悶才觀星」。

唸高中時，我幾乎每晚都要上天台，此時，已不單純為觀星欣賞夜色，倒是因住在四樓的一位上海小姑娘，她也常常上天台乘涼，這小妞皮膚白皙可人，汪汪的一雙大眼睛含羞答答不大說話，後來知道她唸張祝珊中學，而我讀大坑新法書院，都是下午班，我窺準機會，吊着她下樓的背影，與她並肩的步行上學，到了炮台山口，目送她上斜路，我又繼續步行到大坑上學。

這段緣起「天台月光」的初戀，縱隨歲月無聲流逝，年少荒唐，偶爾回味，記憶的舌尖依然甜絲絲，「吃不到的葡萄是酸的」，伊索此言差矣，吃不到的，也許才是最甜的！

和富道——在我心目中，永遠不老，永遠沒有「賞味期限」！

原刊《大公報》，二〇〇九年八月十六日

「香港城市學」之承先啟後

人老了，許多習慣也改變了！譬如看書，年輕時愛臥在床上看，一看有時不知東方已白！如今退休，雖然也不見得就閒着，看書多在梳化或在按摩椅上，通常看幾頁，人已倦而呼呼呼的睡得賊死！

那天，隨手拿起一本剪報，是台灣《中國時報》二〇〇六年十一月十六日的人間副刊，讀到張北海的「台北城市學 以紐約為例」的一篇文章，一開篇就說：城市是一個有機體，它必然會演變，或蕭條，或成長，那每一代作者就永遠不缺乏新的題材，新的角度觀點去書寫，因而紐約沒有，也多半不會斷根。

誠然，正如韓良露（一九五八至二〇一五）說，世界最豐富的城市，都有最豐富的城市學，比如紐約、倫敦、巴黎等。張北海說，紐約城市學長年纍積下來的書籍，他從參考書上得知，至少有上萬種。而且儘管不斷有書絕版或消失，但是平均每年仍有上百種問世。

躺在按摩椅上，竟然思潮起伏，張北海的話太有意思了！正如他說，這是百家齊鳴的成果，豐富的城市之所以出現了豐富的城市學，主要是因為其民間社會有一個豐富的作者群，而且此一群體不但關心自己的城市，還根據各自的興趣能力專長，在一個自由創作的環境中費心費力動筆書寫，一而十，十而百……久而久之，豐富的城市才可能出現豐富的城市學。

根據張北海的觀察，書寫紐約的作者顯然大都有此認識，其大部分著作也都因而有一個或深或淺的歷史敘述，交待一下所談主題的來龍去脈，因而讀者不但有了橫的瞭解，也有了縱的認識，而又因城市是一個有機體，它必然會演變，或蕭條，或成長，那每一代作者就永遠不缺乏新的題材，新的角度觀點去書寫。

筆者腦海忽然浮現「香港城市學」這樣一個概念，已故著名小說家劉以鬯的小說《酒徒》、《對倒》、《打錯了》、《島與半島》等就飽含對香港社會的批判；陶然的小說亦然！還有張愛玲、西西、黃碧雲、李碧華、亦舒、董啟章、王良和等的小說，不同風格，不同年代都有不同的取材去寫香港。再早一些的，可以參考現代文學史料勾沉大家許定銘的書話。

香港一直以來都有一群豐富的作者群，把香港這個城市從多角度分析、透視！女作家金鈴是旅遊文學作家，也寫小說，已出版作品逾四十八本。新出版了《黃金之翼》（天地出版），她說，「寫了十九年旅遊文學，這是第一次創作本土文學。寫我城，比寫地球任何一個地方都難。不是因為寫實，而是因為要寫我最愛的地方！」金鈴寫一個時代的不平凡風雲色變，小人物對時局的體會、適應求存，如何活下去，確實不易理出一個頭緒。金鈴寫一個「大城小鏡」下小人物的理想幻滅，主觀願望往往被客觀環境破壞，總算有板有眼，合情合理，為我城烙下一段難以忘記的「歷史」，正正也是豐富了香港城市學！

「香港城市學」真是個好題材！筆者若不是年紀大，乃要日日賣文求生，必定以此為題材，寫篇紮實的「博士論文」，相信含金量不致太低。嘻嘻，短話長說，拉拉扯扯又騙幾文稿費，有錢又去食碗雲吞麵買幾本閒書，像我這樣的一個吹水「作家」，不亦樂乎！

——稿於七、八、二〇二〇年

原刊《香港文學》總第四三三期，二〇二一年一月

讀詩觀畫——拉扯談萍兒《無色之境》

一、

筆落在很舊的一段時光／以為畫境比人世艱難／黃昏可愛／以為有一天終能放下奔騰／為了保持音質的潔淨／江河與滔岸繼續相愛／光影與蓮子互為美學／群山沉沉。／呢喃中一點一滴浪費陽光／舊傷新詞／佛靜靜參與了／其中一朵。／或一池荷的夏日史詩

——甲辰八月再題天行荷

這首詩未收入萍兒的《無色之境》，我因記起她在二〇一九年出版的《相信一場雪的天真》也有一首〈綠夏〉題天行荷：

新枝翩躚／未曾啼雨／數聲蛙鳴就着炊煙／醺醒誰的餘夢
斟滿豪情／沿路未知
狂草幾筆夏荷／留作秋的鎮痛劑／照亮冬野

萍兒題林天行荷花，可謂一語中的，像「光影與蓮子互為美學／群山沉沉」，這透露天行荷在運彩用墨，其線條輪廓，在光影下可以明豔多姿，耀人眼睫而「互為美學」，而即使筆觸粗重也予人撲拙，筆簡意繁，一樣予人生命律動，詩人說「狂草幾筆夏荷」，留作秋的鎮痛劑，照亮冬野。在厚實沉重與明豔光影對比下，令人對自然和生命有了不一樣的感悟。

「天行荷」之所以百看不厭，就是畫家出手不凡，尤其在構圖設色，時而狂野，偶而不羈，跳脱瀟灑，令人耳目一新；其實，大師手筆，不一而足，並非純靠明豔色彩，透過多變的光影吸人眼球，他的好些潑墨，濃淺有度，若然色調陰沉粗重，又呈現另一種野趣。

我談萍兒詩，竟先寫下對天行荷的一點個人淺見，皆因萍兒詩常提及天行荷，而天行荷的多變多姿，意態於色彩繽紛中愈看愈有味道，帶來種種縈繞於心揮之不去的快感，這是畫家畫工傳達的藝術感染力。寫詩，不正是也要通過文字的渲染、想像力等以達到感染人的效果嗎？若然做不到，「發言為詩」就不足以感人，也就枉為詩人。

二、

讀詩，每個人的口味不同，感覺也就不會一樣。有些詩特別惹人喜愛，也有人只鍾情於一、兩句，其實都沒有問題；唐詩，有所謂「排行榜」。宋代嚴羽《滄浪詩話》說：唐人七言律詩，當以崔顥〈黃鶴樓〉為第一。而清人賀裳《載酒園詩話又編》則稱孟郊〈遊子吟〉「為全唐第一」。有論者就指出，古人的詩學批評，無論是分開品第，抑或排座次，都是基於個人的主觀好惡，蘿蔔青菜，各有所愛，是以爭來都「嘥氣」！主觀的文學批評，難免存在派別門戶之見，不同人對於同一作家作品的評價，出入往往天差地別。

讀詩，又何必拘泥於一人一首或一人一句？偶而翻翻《黃侃日記》，於「感感鞠廬日記」見他談詩，有所謂「用鄙語而佳」：折得荷花渾忘卻，空將荷葉戴頭歸；有所謂「道閒情而佳」：春心莫共花爭發，一寸相思一寸灰；有所謂「寫景而佳」：斫卻月中桂，清光應更多；有所謂「體物而佳」：夜來春睡濃於酒，壓扁佳人纏臂金；有所謂「詠古而佳」：意態由來畫不成，當時枉殺毛延壽；有所謂「俚謔而佳」：山鳥不知紅粉樂，一聲檀板便驚飛。黃侃認為，詩用俚言，不必遂不佳也。可見「詩的語言」亦不必拘泥於佳俗粗鄙，用得恰如其份，即使不文亦無傷。

那麼，萍兒的詩，我在她的《相信一場雪的天真》說她的詩，在謀篇方面，絕不苟且，字與字之間的琢磨，所呈現的肌理、韻律節奏，很多時在不斷推敲下顯得特別的拗折，看似「硬生生」，而力度自然的就出來了！今趟這本《無色之境》秉承《相信一場雪的天真》，用字依然拗折，不過，想像尖新，多了溫柔情懷，讀起來，更觸動人心，像「春日七支」，佳句俯拾即是，第二支：行囊空空木魚聲聲／誰。提着春天來見你／一同致有趣而高潔的靈魂

又如第七支的結尾幾句：

走近你時將／一盞春風一飲而盡／我們相約的四月／繁花開滿月亮之上

萍兒的詩，非「發憤以抒情」，不至於是史詩時代的抒情聲音，然而，卻有城市沉鬱的調子，沉重的心情，有豐富的社會意義。其感人心者，皆因抒寫者有真性情，試看〈這個春天攜着疼痛的花瓣〉：

即將打開密封的靈魂／我躺在你的蓮聲裏／曾經的悲傷輕輕被藍色擦拭／不僅一次／透過現代文明的玻璃窗／領悟維港不小心流露的深重／你沒有掌握密碼／卻總想研製一部秘籍將它裝訂成冊／獅子山的眉眼應該遼闊／我探索着你的詩行／走進你苦難的內心／那裏有抽象的盟誓／伴隨一組拙劣的

比喻／我開始整理季節的秩序／先來的春天攜着疼痛的花瓣／我想到辛稼軒的挑燈看劍／蘇東坡的大江東去／春風已經凜冽了好幾回／他們理解不了岸上垂淚的人／坐在暗處企圖主宰光明

這首詩寫於二〇二〇年二月四日立春。二〇二〇年正是新冠狀病毒肺炎肆虐時期，詩人悲天憫人的情懷，寫下她對萬家燈火下市民對病毒的焦慮，「這個春天攜着疼痛的花瓣」，意象鮮明，比喻尖新，一讀難忘，詩人對病毒何嘗不畏懼？心情百感交集卻仍保持樂觀的心態——坐在暗處企圖主宰光明。

寫於同年的另一首〈口罩〉，結尾沉鬱中透亮着美麗的詭秘：

自從以你為護身符／連路邊的小草都有了心事／與飛鳥一起飄過／天空

有所謂的理想／幸好。／還有你的睫毛萋萋。

詩人文筆輕便，像爐邊閒話，讀來親切有趣。此種溫柔情懷，偶爾帶點豪氣，是萍兒許多抒情詩中常見的。

三、

「文章無定格；立一格而後為文，其文不足言矣！」這是明末清初學者顧炎武說的。誠哉斯言！文章「定格」便死板，怎會寫得有趣、靈動而好看？

寫詩。我相信更無定格，詩人寫詩，固然有所謂「風格」，然而，能成大詩人者，在寫作的過程，難免亦有「破格」。

萍兒的詩，我相信還是會變，她的用句精到，想像力常予人驚喜，「你的手搭在雨的斜肩上」，這是神思！「半闋小令誤傷薄薄的影子／喝下雨與星辰／回到最初／我與另一個我對飲／想你。並賦起秋葉」，這是妙想！

個人特別欣賞萍兒用字的獨到與心思，試看這首〈霜降〉：

再一次寫到你／世人給你的名字似有弦外之意／一個人扛起的命運／堅貞而輕寒／我想念她的暴雨和怒江／風把一些事物吹往冬天／十月的陽光被淡泊暗傷。照着空無／霜信如期而來／枝葉的倦意有過剎那明豔／一滴凝露斷送了秋天／你有天涯／可供浪跡／我有維港／可納萬愁潘耀明先生指出萍兒的詩集《無色之境》呼應了整個作品的主題，描繪了一種抽象的無色之境，暗示了一種超越現實和感官的境界。這種無色之境可能是一種內心的寧靜、思考的空間，或者是一種追求真理和哲學思考的精神領域，這種主題的存在賦予了整個詩集深邃的內涵和思考價值，也許作者要刻意追求禪的意境。

詩無達詁。讀詩品詩，每個人有每個人的體會，萍兒是否刻意追求「禪意」，未必要深究。古人品詩，最排斥甜膩，認為「寧澀毋滑，寧苦毋甜」。蘇東坡評陶淵明詩，說其「外枯而中膏，似淡而實美」。至於美國學者宇文所安（Stephen Owen）所著的《迷樓：詩與慾望的迷宮》於緒論就認為：詩歌企圖引導你迷途而不知返，它的意圖是以言詞慫恿你，是讓你為自己沉悶的生活感到羞愧，是引誘你變成另一個人……並因為得不到滿足而飽受痛苦。事實上，只是以另一種感覺去詮釋「詩無達詁」。詩人追求的，無非詩的語言那種無窮無盡的組合而創造出的「無色之境」，我認為能讓你讀出味道，品出屬於你的感覺即可！

萍兒在「後記」提到其詩作靈感來自林天行絢爛奔放深沉的畫作。令無色之境更為靜謐純粹。正如我在文首所說，「天行荷」百變多姿，是以生命力源源不絕！生活之中，除了柴米油鹽，就是詩和遠方。也只有活得清醒獨立的藝術家，才能在自由奔放的創作中，揮寫出不朽的作品！萍兒的詩，其創作風格，依然有很多「變」的可能。而變幻才是永恆！

——稿於二〇二四年九月中秋　野村

本創文學 111

野叟戲言

作　　者：施友朋
責任編輯：黎漢傑
封面設計：Kaceyellow
內文排版：D. L.
法律顧問：陳煦堂　律師

出　　版：初文出版社有限公司
電郵：manuscriptpublish@gmail.com

印　　刷：陽光印刷製本廠

發　　行：香港聯合書刊物流有限公司
香港新界荃灣德士古道 220-248 號
荃灣工業中心 16 樓
電話 (852) 2150-2100 傳真 (852) 2407-3062

海外總經銷：貿騰發賣股份有限公司
電話：886-2-82275988 傳真：886-2-82275989
網址：www.namode.com

版　　次：2025 年 4 月初版
國際書號：978-988-71097-4-7
定　　價：港幣 118 元　新台幣 440 元

Published and printed in Hong Kong

香港印刷及出版

香港藝術發展局
Hong Kong Arts Development Council 資助

香港藝術發展局支持藝術表達自由，
本計劃內容並不反映本局意見。